U0054196

元華文創

唐前山水
水銘文研究

Pre-Tang Landscape Inscription

開拓山水文學的研究觀點，
與當代空間與地方議題展開對話。
重新探索銘文書寫特色，
揭示山水參與文學的另類方式。

丁振翔 —— 著

目　次

導　論

　　陳靜容在探討中國「山水詩」詩類名稱之晚出原因時，經尋繹歷代文學總集或選集中的分類，發現均未出現「山水詩」之分類詩目，反倒是《文苑英華》在「謌行」的「圖畫」一類下繫「山水」，收有「畫山水」七首[1]。——其實，如果要談「山水」的次文類，《文苑英華》還有一點令人驚異：它在「銘」下分出了「山川」一類，這可能是現存最早為銘文分類且分出「山川」類的總集，而在歷代總集或選集中，無論是為銘文分類或分出「山川」一類，皆相當罕見。《文苑英華》在宋代的影響力或許有限[2]，不管如何，這樣的銘文類目，透露此類銘文的存在已獲編選者認同，也標誌了此類銘文「本質」的初步確立[3]。

1　陳靜容：〈試論中國「山水詩」詩類名稱之晚出及其與「題贊」山水之關係衡定〉，《興大人文學報》第 43 期（2009 年 9 月），頁 6-7。

2　郭英德指出，周必大在《文苑英華序》談到《文苑英華》因為卷帙浩繁，印本絕少，不如精簡的《唐文粹》盛行而影響廣泛。見郭英德：《中國古代文體學論稿》（北京：北京大學，2005），頁 106。

3　關於山／水銘文的類型化過程，本書受陳靜容影響。陳靜容認為：「當代研究者用以指涉六朝之際乃至六朝以後遊觀山水詩作之『山水詩』詩類名稱，實際上是一後設認知所總結形成的詮釋前提，且此後設認知成果乃是漫長類型化過程之總結。」「一特定詩類的『類型』建立，不僅是從創作者的觀點去界義一體裁對象的存在或個別作品體貌

　　然而深入究察「山川」類銘文，會發現它們與「山水詩」、「山水賦」的成類意涵差別甚大。《文苑英華》為「銘」分出「紀德」、「塔廟（附畫像）」、「山川」、「樓觀（附關防橋梁）」、「器用」、「雜銘」六類，分類標準的不一致並非特例[4]：「紀德」是從內容意旨來分，「塔廟（附畫像）」、「山川」、「樓觀（附關防橋梁）」、「器用」是以銘刻的載體或詠物的主角來區分（兩者時而重疊，又常與題目相合），「雜銘」則是不屬上述類別的集合。單就「山川」類所收的銘文觀察，首先，與一般熟知的山水文學最明顯的不同是，其內容以描寫自然風物為主的篇章非佔多數，倒是都可以在銘文的傳統分類中找到歸屬。回顧古典文論，關於銘文的分類、源流、義用、風格等，最完整的論述當屬《文心雕龍·銘箴》：

> 昔帝軒刻輿几以弼違，大禹勒筍虡而招諫。成湯盤盂，著日新之規；武王戶席，題必誡之訓。周公慎言于金人，仲尼革容于欹器，則先聖鑒戒，其來久矣。故銘者，名也，觀器必也正名，審用貴乎盛德。蓋臧武仲之論銘也，曰：「天子令德，諸侯計功，大夫稱伐。」夏鑄九牧之金鼎，周勒肅慎之楛矢，令德之事也；呂望銘功

與普遍體式的成立，還包含體製形式的成熟與創作規則、慣例的確定與被模習之典型價值的樹立等，且最終需整合為一種超越個別創作經驗的普遍框架，而此類型框架便得以成為一個後設研究的基礎。以『山水詩』為例，當『山水詩』的類型化成熟之際，『山水詩』之名即宣示了一類型框架的實際存在，足以提供當代或後代的詩論家進行『以體分類』與『循類辨體』之文學批評論述時的分類暨辨體依據；如此，一特定詩類類型才算是真正建立完成。」「古代文論家在『循類辨體』以選文、定文的同時，必亦需預設一理想的山水詩『體式』，且此體式定具有普遍性。因此，若古代文論家通過『依體分類』、『循類辨體』的程序明擬出『山水詩』詩類名目，即表示『山水詩』不管是在體裁、體製或普遍的體式上，已具有一套客觀的詩類判定原則，且成為文人自覺模擬的對象。」同註 1，引文分見頁 3、6、7。關於「以體分類」與「循類辨體」的論述，見顏崑陽：〈論「文體」與「文類」的涵義及其關係〉，《清華中文學報》第 1 期（2007 年 9 月），頁 1-67。

4　中國古代總集中分類標準不一的現象，可參郭英德的討論，郭英德：《中國古代文體學論稿》（北京：北京大學，2005），頁 206-212。

于昆吾，仲山鏤績于庸器，計功之義也；魏顆紀勛于景鐘，孔悝表勤于衛鼎，稱伐之類也。……夫箴誦於官，銘題於器，名目雖異，而警戒實同。箴全禦過，故文資確切；銘兼褒讚，故體貴弘潤[5]

劉勰於篇首即追溯了銘文的兩種源流，直到篇末時，藉由與箴文的互相對照，明確點出了銘文「褒讚」和「警戒」的功能。劉勰的論述實則有所承繼，最明顯的線索即綜合了《左傳》裡臧武仲的說法與蔡邕的〈銘論〉。《左傳》襄公十九年有一段記載魯國借晉國兵力討伐齊國之後，季武子以所得於齊國的武器鑄鍾，銘刻魯功於其上，於是臧武仲對他說：

非禮也。夫銘，天子令德，諸侯言時計功，大夫稱伐。今稱伐則下等也，計功則借人也，言時則妨民多矣，何以為銘？且夫大伐小，取其所得以作彝器，銘其功烈以示子孫，昭明德而懲無禮也。今將借人之力以救其死，若之何銘之？小國幸於大國，而昭所獲焉以怒之，亡之道也。[6]

從這段常被後代用來說明銘文功能的文字可以發現，銘功於彝器原來不僅是因為能「以示子孫」，也是深植在有關身分階級（諸侯稱伐則從大夫之例為下等）、功勞歸屬（借人之力，功非己有）、言動得時與否（妨民多矣）、國際關係與國勢強弱（大勝小或小勝大），一套逐步形成的規範（禮）之中。蔡邕基本上也是照著臧武仲的框架——「天子令德—諸侯言時計功—大夫稱伐」——進行說解的：

5　（南朝梁）劉勰著，周振甫注：《文心雕龍注釋》（臺北：里仁，1984），頁 199。

6　（晉）杜預注，（唐）孔穎達疏：《左傳注疏》（臺北：藝文印書館，1965，十三經注疏本），〈襄公十九年〉，頁 585-2。

春秋之論銘也，曰天子令德，諸侯言時計功，大夫稱伐。昔肅慎納
貢銘之楛矢，所謂天子令德者也。黃帝有巾几之法，孔甲有槃杅
之誡，殷湯有甘誓之勒，虁鼎有丕顯之銘。武王踐阼，咨于太師，
而作席机楹杖雜銘十有八章。周廟金人，緘口書背。銘之以慎言，
亦所以勸進人主，勗于令德者也。昔召公作誥，先王賜朕鼎出于武
當曾水，呂尚作周太師而封于齊，其功銘于昆吾之冶；漢獲齊侯竇
樽于槐里，獲寶鼎于美陽；仲山甫有補袞闕，式百辟之功；周禮司
勳，凡有大功者，銘之大常，所謂諸侯言時計功者也。宋大夫正考
父，三命茲益恭，而莫侮其國；衛孔悝之父莊叔，隨難漢陽，左右
獻公，衛國賴之，皆銘于鼎，晉魏顆獲秦杜回于輔氏，銘功于景
鐘，所謂大夫稱伐者也。[7]

「昔肅慎納貢銘之楛矢，所謂天子令德者也」已對「天子令德」完成舉例
說明，在還沒開始談到「諸侯言時計功」之前，從「黃帝有巾几之法」至
「銘之以慎言」一段即列舉諸例，顯明銘文具有「警戒」的功能，而警戒
「亦」是為了「勗于令德」。比較之下，劉勰不同的地方是將「鑒戒」與
「天子令德」分開，不再放在「天子令德」之後，讓「警戒」第一次與「褒
讚」並舉，假如其中有「徵聖」的因素，「警戒」可能已被提升為銘文的
典範性功能。

觀察其他重要的銘論，亦不出此二種分類，如《釋名・釋典藝》的
「銘，名也，述其功美，始可稱名也」[8]，以及《釋名・釋言語》的「銘，

---

7   （清）嚴可均校輯：《全上古三代秦漢三國六朝文》（北京：中華書局，1999），頁 875-
     876。
8   （東漢）劉熙：《釋名・釋典藝》（臺北：大化書局，1979），頁 876。

名也，記名其功也」[9]；摯虞〈文章流別論〉說：「德勳立而銘著」[10]，都是偏向銘文「表顯功德」、「令德」的目的[11]；孔穎達所謂「銘者，名也，所以因其器名而書以為戒」[12]．則是側重「警戒」；一直到了明代，《文章辨體序說》仍是與《文心雕龍・銘箴》同調：「按銘者，名也，名其器物以自警也。……厥後又有稱述先人之德善勞烈為銘者」[13]，《文體明辨序說》歸納得明白直接：「要其體不過有二：一曰警戒，二曰祝頌」[14]。至於曹丕、陸機、蕭統未論及銘文之分類，《典論・論文》的「銘誄尚實」[15]與〈文賦〉「銘博約而溫潤」[16]是點明銘文的文體風格與美感特質，前者強調避免浮誇溢美的流弊，後者指出事博而文約、體貌溫潤的特點[17]；蕭統《文選・序》曰「銘則序事清潤」[18]，幾近陸機所言。劉勰的說法統整了曹

9　（東漢）劉熙：《釋名・釋言語》（臺北：大化書局，1979），頁858。

10　（清）嚴可均校輯：《全上古三代秦漢三國六朝文》（北京：中華書局，1999），頁1905。

11　摯虞〈文章流別論〉：「夫古之銘至約，今之銘至繁，亦有由也。質文時異，論既論則之矣。且上古之銘，銘於宗廟之碑。蔡邕為楊公作碑，其文典正，末世之美者也。後世以來之器銘之嘉者，有王粲〈鼎銘〉、崔瑗〈机銘〉、朱公叔〈鼎銘〉、王粲〈硯銘〉，咸以表顯功德。天子銘嘉量，諸侯大夫銘太常，勒鍾鼎之義，所言雖殊，而令德一也。」同註10，頁1906。

12　孔疏：「作器能銘者，謂既作器能為其銘，若栗氏為量，其銘曰：『時文思索，允臻其極。嘉量既成，以觀四國。永啟厥後，茲器維則』是也。《大戴禮》說武王盤盂几杖皆有銘，此其存者也。銘者，名也，所以因其器名而書以為戒也。」見（漢）毛亨傳，鄭玄箋，（唐）孔穎達疏：《毛詩注疏》（臺北：藝文印書館，1965，十三經注疏本），〈國風・鄘風・定之方中〉，頁117-1。

13　（明）吳訥：《文章辨體序說》，收於《文體序說三種》（臺北：大安，1998），頁58。

14　（明）徐師曾：《文體明辨序說》，收於《文體序說三種》（臺北：大安，1998），頁99。

15　同註11，頁1098。

16　（梁）蕭統編：《增補六臣注文選》（臺北：華正書局，1977），卷17，頁310。

17　李善注：「博約，謂事博文約也。銘以題勒示後，故博約溫潤」，五臣張銑注：「博謂意深，約謂文省」，見（梁）蕭統編：《增補六臣注文選》（臺北：華正書局，1977），卷17，頁310。徐復觀闡述：「按銘勒於器物之上，字數受限制，故須義博而文約；語多含蓄，故體貌溫潤。」見楊牧：《陸機文賦校釋》（臺北：洪範書店，1985），頁45。

18　（梁）蕭統編，（唐）李善注：《文選》（上海：上海古籍出版社，1986），頁2。

丕和陸機：「箴全禦過，故文資確切；銘兼褒讚，故體貴弘潤；其取事也必覈以辨，其摛文必簡而深」[19]，即銘箴皆需「切合事實，言簡意賅，不作不切實際的夸張」[20]，關於「弘潤」，林紓說：「弘潤非圓滑之謂也。辭高而識遠，故弘；文簡而句澤，故潤」[21]，乃以「弘」兼指文辭與文旨，以「潤」指文句。詹鍈認為「弘潤」和「溫潤」意思差不多，「因為銘中含教訓的意義，但對于貴族階級又不能板著面孔教訓，所以要溫潤。而且銘還兼具褒讚德業的作用，含有積極方面的意義，旨不弘深，辭不溫潤，便不易收積極的效果」[22]。

這樣看下來，褒讚與警戒可以說是古典文論從功用的角度給銘文的定位，而現代學者除此之外，還觀察到六朝出現了大量的題詠性銘文[23]，古典文論家們卻始終略而不談。例如認為庾信〈刀銘〉三首、白居易〈磐石銘並序〉「實際在詠物、贊物」[24]，庾信〈明月山銘〉是「贊頌自然景色，類似寫景文」[25]或視作「記寫景物的小品」[26]，均不含稱頌、戒勉的成分。劉玉珺舉東漢崔駰〈刀劍銘〉作為器物銘轉向「題詠」的先例，論至庾信〈刀銘〉，直道「如果拋開題名，簡直可以視作三首精巧的詠物詩」[27]。劉

19　（南朝梁）劉勰著，周振甫注：《文心雕龍注釋》（臺北：里仁，1984），頁 200。

20　（南朝梁）劉勰著，詹鍈義證：《文心雕龍義證》（上海：上海古籍，1989），頁 424。

21　林紓：《春覺齋論文・流別論》，收入王水照編：《歷代文話》（上海：復旦大學，2007），第 7 冊，頁 6342。

22　同註 20，頁 422。

23　陳必祥：《古代散文文體概論》（臺北：文史哲，1987 年），頁 178。褚斌杰：《中國古代文體學》（臺北：學生，1991 年），頁 430-431、434-435。劉玉珺：《先唐銘文研究》（桂林：廣西師範大學中國古代文學碩士論文，2002），頁 15-16。劉玉珺於頁 17 也注意到像庾信〈思舊銘〉這類極少數以抒情為主調的銘文，同樣為古典文論所忽略。

24　褚斌杰：《中國古代文體學》（臺北：學生，1991 年），頁 430。

25　陳必祥：《古代散文文體概論》（臺北：文史哲，1987 年），頁 178。

26　同註 24，頁 435。

27　劉玉珺：《先唐銘文研究》（桂林：廣西師範大學中國古代文學碩士論文，2002），頁 16。

勰對崔駰的評述或許可以嗅到一些器物銘題詠化的轉變：

> 至如敬通雜器，准矱武銘，而事非其物，繁略達中。崔駰品物，讚
> 多戒少；李尤積篇，義儉辭碎。著龜神物，而居博弈之中；衡斛嘉
> 量，而在臼杵之末：曾名品之未暇，何事理之能閒哉！魏文九寶，
> 器利辭鈍。[28]

　　從上下文歷數各家缺失來看，「讚多戒少」似乎偏向貶義。檢視崔駰
現存的十一篇銘文[29]，〈車左銘〉、〈車右銘〉、〈車後銘〉、〈仲山父鼎銘〉
應可歸於「戒」，〈冬至襪銘〉、〈刻漏銘〉、〈縫銘〉、〈六安枕銘〉、〈樽
銘〉、〈刀劍銘〉、〈扇銘〉不妨歸於「讚」，試看〈刀劍銘〉、〈扇銘〉各
二首：

> 歐冶運巧，鑄鋒成鍔。麟角鳳體，玉飾金錯。（〈刀劍銘〉）

> 龍淵太阿，干將莫邪。帶以自禦，燁燁吐花。（〈刀劍銘〉）

> 翩翩此扇，輔相君子。屈伸施張，時至時否。勳搖清風，以禦災
> 暑。（〈扇銘〉）

> 有圓者扇，庭此秀儀。晞露散霾，擬日定規。郎姿玉暢，惠風時
> 披。（〈扇銘〉）[30]

28　（梁）劉勰著，周振甫注：《文心雕龍注釋》（臺北：里仁，1984 年），頁 199-200。

29　（清）嚴可均校輯：《全上古三代秦漢三國六朝文》（北京：中華，1999 年），頁 715-716。

30　皆見（清）嚴可均校輯：《全上古三代秦漢三國六朝文》（北京：中華，1999 年），頁 716。

參照崔駰的作品推敲「崔駰品物，讚多戒少」之句，劉勰彷彿是期待器物銘應該寓含戒意，不認同對器物進行「讚」的寫法。所謂「讚」，從崔駰作品來看，可能不僅是讚美，尚有稱說、解明之義[31]。此外，留下約百首銘文而「實際上與詩難以區分」[32]的李尤，也是極佳的觀察對象，舉居室銘和器物銘各一例如下：

> 周氏舊區，皇漢實循。房闥內布，疏綺外陳。升降三除，貫啟七門。是謂東觀，書籍林淵。列侯弘雅，治掌藝文。（〈東觀銘〉）[33]

> 國有都邑，家有匣匱。貨賄之用，我之利器。（〈匱匣銘〉）[34]

上引崔駰和李尤的銘文非關褒讚、警戒，明顯著重於「說明」一物的外形與用途，若對照劉勰給銘文的釋名章義：「故銘者，名也，觀器必也正名，審用貴乎盛德」，可說是「審用」而不貴乎「盛德」了[35]。

　　從對崔駰的評論看來，其實劉勰並非沒有察覺到題詠性銘文的存在，只是沒有列舉為一類。檢閱《文選》所收銘文，蕭統沒有再為之分類，循前述分類觀點視之，班固〈封燕然山銘并序〉[36]與陸倕〈石闕銘〉[37]、〈新

31　「贊」由佐見、助進之本義，延申為引導、告白、稱說、解明、道達、纂錄諸後起之義，《文心雕龍・頌贊》釋「贊」特舉明、助二義，相關訓解見李曰剛：〈文心雕龍「頌贊」篇斟詮——文心雕龍斟詮頌贊第九〉，《師大學報》23 期（1978 年），頁 123。

32　孫康宜、宇文所安編，劉倩等譯：《劍橋中國文學史・上卷》（北京：生活・讀書・新知三聯書店，2013），頁 172。

33　（清）嚴可均校輯：《全上古三代秦漢三國六朝文》（北京：中華，1999 年），頁 747-748。

34　同前註，頁 751。

35　見（梁）劉勰著，周振甫注：《文心雕龍注釋》（臺北：里仁，1984 年），頁 199。

36　（梁）蕭統編，（唐）李善注：《文選》（上海：上海古籍出版社，1986），頁 2406-2408。

37　同前註，頁 2412-2422。

刻漏銘並序〉[38]屬於褒讚，崔瑗〈座右銘〉[39]和張載〈劍閣銘〉[40]屬於警戒，
未收題詠性的作品。《藝文類聚》則已有數量頗豐的題詠性銘文，以「山
部」為例，「燕然山」條下也收了〈封燕然山銘並序〉[41]，「總載山」亦
有〈劍閣銘〉，〈劍閣銘〉以下便是湛方生〈靈秀山銘〉、蕭綱〈行雨山銘〉
和〈明月山銘〉、蕭繹〈東宮後堂仙室山銘〉……等題詠之作[42]。《文苑
英華》亦未將「山川」類銘文細分，我們依然看到褒讚之類如庾信〈終南
山義谷銘並序〉，稱頌宇文護鑿石關之谷並以終南山的木材營造建築的事
功，謝偃〈可汗山銘〉記述唐貞觀十三年冊授大單于真珠毗伽可汗嫡嗣為
肆葉護可汗，事出隋末頡利滋擾邊境時，曾參與唐軍平亂有功；警戒之類
如〈汴河銘並序〉，戒勉國家不可再犯隋代疏淇汴、鑿太行的勞民之害，
〈馬當山銘〉警人勿忘小人之險更甚馬當山之險；題詠之類如庾信〈明月
山銘〉力圖呈現該山景色，獨孤及〈仙掌銘並序〉敘仙掌來歷形成及描寫
勝景，這便最接近習稱的山水文學[43]。

　　《文苑英華》「山川」類銘文明顯不限於一般山水詩賦以山水為美學的
主位對象、以模山範水作為主要目的——它們之所以能夠被歸為一類，不
是內容體裁與結構形式上具有相似特徵的緣故，極可能就是因為載體為山
水，或以山／水為題。這裡稍作區別的原因是，就銘文的命題傳統而言，
題目往往就取自載體，例如蔡邕〈銘論〉提到周武王作「席机楹杖雜銘」
十有八章[44]，若檢視上博楚簡——這些銘文現存的最早版本——已可見

38　（梁）蕭統編，（唐）李善注：《文選》（上海：上海古籍出版社，1986），頁 2425-
　　2430。
39　同前註，頁 2409-2410。
40　同前註，頁 2410-2412。
41　（唐）歐陽詢：《藝文類聚》（上海：上海古籍，2007），卷 7，頁 139。
42　同前註，頁 127-128。
43　《文苑英華》所收之山川類銘文，見（宋）李昉：《文苑英華》（臺北：大化書局，出
　　版年不詳），頁 1894-1896。
44　（清）嚴可均校輯：《全上古三代秦漢三國六朝文‧全後漢文》（北京：中華，1999），
　　頁 875-2。

「鑑銘曰……盤銘曰……楹銘唯……杖銘唯曰……牖銘唯曰」，用來稱呼
銘刻於鑑、盤、楹、杖、牖的銘文[45]；又如《禮記・祭統》從「夫鼎有銘」
論銘文稱揚先祖、明著後世的功用，便舉衛孔悝所作銘文為例，稱之為
「鼎銘」[46]；同理可推想《禮記・大學》稱商湯的「苟日新，日日新，又日
新」為「盤銘」[47]，乃著眼於以盤為銘文的載體；至於摯虞〈文章流別論〉
論古今銘文流變時說：「後世以來之器銘之嘉者，有王莽〈鼎銘〉、崔瑗
〈杌銘〉、朱公叔〈鼎銘〉、王粲〈硯銘〉，咸以表顯功德」[48]，不但可以
看到以載體為題的傳統，摯虞還將這些〈鼎銘〉、〈杌銘〉、〈硯銘〉統括
為「器銘」一類，一方面讓人想到「作器能銘」[49]的傳統，一方面若放回
東漢之後銘文數量、題材大增的背景中，或許就是有了更多非「器銘」的
銘文，才有了將「器銘」歸為一類的需求，涵括範圍也擴及鍾鼎之外的器
物（杌、硯）。當題詠性銘文從東漢開始增加，如崔駰寫〈刀劍銘〉、〈扇
銘〉等，使得題目與載體、題詠對象三者完全疊合。但魏晉之後，出現像
傅玄〈靈蛇銘〉、〈龍銘〉[50]，蕭子良〈眼銘〉、〈耳銘〉[51]、〈口銘〉[52]等

---

45 簡本與今本的對照可見趙宇珩：《〈上博楚簡・武王踐阼〉研究》（高雄：國立中山大
    學中文所碩士論文，2011），頁 208-209。

46 見（漢）鄭玄注，（唐）孔穎達疏：《禮記注疏》（臺北：藝文印書館，1965，十三經注
    疏本），〈祭統〉，頁 839-1。

47 同前註，〈大學〉，頁 984-1。

48 摯虞：〈文章流別論〉，見嚴可均校輯：《全上古三代秦漢三國六朝文・全晉文》（北京：
    中華，1999），頁 1906。

49 《國風・鄘風・定之方中》：「卜云其吉，終然允臧」句下，傳曰：「故建邦能命龜，田
    能施命，作器能銘，使能造命，升高能賦，師旅能誓，山川能說，喪紀能誄，祭祀能
    語，君子能此九者，可謂有德音。」正義曰：「作器能銘者，謂既作器，能為其銘。若
    栗氏『為量，其銘曰：「時文思索，允臻其極。嘉量既成，以觀四國。永啟厥後，茲器
    維則。」』是也。」見（漢）毛亨傳，鄭玄箋，（唐）孔穎達疏：《毛詩注疏》（臺北：
    藝文印書館，1965，十三經注疏本），〈國風・鄘風・定之方中〉，頁 116-117。

50 （清）嚴可均校輯：《全上古三代秦漢三國六朝文・全後漢文》（北京：中華，1999），
    頁，均見頁 1726。

51 同前註，均見頁 2829。

52 同前註，頁 2830。

等，這些生物或人體器官均非題刻處[53]，又如鮑照〈飛白書勢銘〉[54]，是以書法的技法為題，可以說銘文是否刊刻已非絕對必要，捨去載體因素，題目便只與題詠對象等同了。《文苑英華》「山川」類的銘文，有些自述施以勒刻，如〈終南山義谷銘並序〉（「敢勒山阿」[55]）、〈可汗山銘〉（「勒石紀功」[56]）、〈馬當山銘〉（「敬篆巖石」[57]），有些則不清楚是否銘刻，如〈明月山銘〉、〈行雨山銘〉[58]等等，令人懷疑僅是題詠而未必刻石。

如此看來，假使題目是所有歸類標準中的最大公約數，那麼要怎麼解釋「山川」類也收進了皇甫湜〈狠石銘〉和李翱〈江州南湖堤銘〉[59]？同樣是「石」，白居易〈磐石銘〉收在《文苑英華》「銘」的「器用」類[60]，顯然編者不是機械式的依照題目一刀劃分，也考慮了該物如何被看待及其所在的整全情境。檢視銘文內容，白居易將磐石當作日常坐臥之器，狠石則因依傍驪山而作為秦始皇築建陵墓的石料，皇甫湜「刻詞狠石」戒勉勿濫用民力，由此推測，也許環境位置的接近、非日常器用的性質，使「狠石」得以放在「山川」而非「器用」類。〈江州南湖堤銘〉記頌江州刺史李君濬築堤整治南陂之功，湖堤的建成既除水害亦增湖產，密切影響湖貌，或也是置放在「山川」類之故。我們或許可以說，題目中是否有山／水，是「山川」類銘文的主要成類依據，但編者選文、定文時也容許納入某種程度上可歸屬「山川」概念之物。

53　陳必祥：《古代散文文體概論》（臺北：文史哲，1987），頁179。

54　（劉宋）鮑照著，丁福林、叢玲玲校注：《鮑照集校注》（北京：中華書局，2012），頁964-965。

55　見（宋）李昉：《文苑英華》（臺北：大化書局，出版年不詳），頁1894。

56　同前註，頁1894。

57　同前註，頁1896。

58　同前註，均見頁1894。

59　同前註，均見頁1895。

60　同前註，頁1900。

　　在此條件下，由於涵納了褒讚、警戒、題詠三類功能或性質的作品，「山川」類銘文當然不會有一個相似的體裁或體製，然而分別從這三類來看，則可以說編者在進行選文、定文的同時，必各有暗自預設一理想、具普遍性的體式，使選入的銘文成為其他文人模習的對象。這些體式乃是經歷漫長建構與積澱的結果，換言之，在《文苑英華》成立「山川」類銘文之前，必然有一段從體貌紛呈的個別作品，到體製形式逐漸成熟，浮現普遍體式的過程，直到編者擇取出這些銘文作為類型化完成的實際展示，而欲理解它們的意義，則不能不回溯這段過程的發展。

　　是故，本書欲以「唐前」的「山／水銘文」為考察範圍與對象，由於這時期現存的山／水銘文，已可略見演變梗概並加以詮釋，也因唐前山水觀、山水文化與文學，具有鮮明之階段意義，適可彰示其中相互呼應的關係。本書所謂的「山／水銘文」，是基於《文苑英華》在「銘」下設立「山川」類，作為類型化完成的實際展示，由此後設認知所總結形成的名稱，指涉題目中有某山或某水或兼有之，或有與山／水相關之品物的銘文。這段時期並沒有「山／水銘文」之名稱和銘文類型，但卻是「山／水銘文」類型化的歷程。除了《文苑英華》為銘文分出「山川」類外，未見其他文獻再分出「山川」或「山水」類的情形，以「山川銘文」稱呼這些銘文，或許是一種選擇。假若取名「山水銘文」，跟習見的「山水詩」、「山水賦」似乎頗能對應，但「山／水銘文」實涵括了屬於「山川」論述與「山水」論述的銘文[61]，《文苑英華》的「山川」類銘文中也同時收錄屬於這兩種論述的作品，即「山川」有時是用如「山水」的，不論「山川銘文」或「山水銘文」皆難以完整反映實情，和晉宋之際曾有從「山川」論述轉化為

61　「山川」論述與「山水」論述的考察，見鄭毓瑜：〈身體行動與地理種類——謝靈運《山居賦》與晉宋時期的「山川」、「山水」論述〉，《文本風景》（臺北：麥田，2014），頁347-390。

「山水」論述的發展。山水詩賦的研究密切呼應著東晉以後的新山水觀，且以當時主流文類新出的重要主題和形似手法備受矚目，相較之下，「山／水銘文」涵容之而又不限於此，更早成類的現象也無法反映山水觀的更變和影響，比較可能是說明了在語用性因素作用下，銘文中以山／水為載體／題目的篇章已達質量可觀的規模，於是有了歸類模習的必要。以「山／水銘文」為名，方能照應從載體得名的銘文命題傳統和成類現象。

《文苑英華》為銘文分出「山川」類的現象，確實提示了人與山水之間有一層互動關係早已存在卻未被深究──即銘刻與載體的關係，圍繞著山／水銘文的書寫與勒刻的種種活動，顯然都未曾進入山水文學研究的視野。考察唐前山／水銘文，將揭開山水參與文學的另一種方式，在山／水銘文中，山水既為載體，亦是文本中的符號，勢必要考量物質性與空間意義塑造的影響因素，透過釐清山／水銘文的載體選擇、語用情境、銘刻行為、表現模式，我們也將看見山水文學文化更完整的樣貌。以下，先勾勒山水詩賦研究成果之大要，繼而闡述質量相對有限的山／水銘文研究，再說明本書各章之意圖，以便突顯本書的研究脈絡。

山水詩賦的發生因素、作品特色與演變

關於山水詩賦的研究成果，分別從「發生因素」、「作品特色與演變」二面向切入掘究。

首先是「發生因素」：從詩的題材承變而言，學者大抵認同山水詩接續遊仙詩與玄言詩的發展而來，林文月即指出模山範水的詩句在遊仙詩與玄言詩中逐漸發育成熟，從遊仙、說理的附庸陪襯地位，到謝靈運的詩中

正式成為獨立題材[62]。王國瓔宏觀地從《詩經》、《楚辭》和漢賦中表現的山水觀和山水景物的描寫，來探索山水詩的淵源，發現從先秦到兩漢，對山水的態度由敬畏而親切，視野由景物個體擴大至山水全貌，山水景物從作品中的賓位走向主位，描寫亦漸精細；繼以魏晉時代道家思想的中興為出發點，突顯求仙、隱逸與遊覽的風氣如何影響自然山水漸獲獨特地位，乃至成為觀賞和吟詠對象[63]。而親臨山水的身體行動，也不能忽略李豐楙與鄭毓瑜的觀察。李豐楙提到，傳承了包山隱居一類方士的歷險傳奇，才會有像謝靈運這類開啟自然之秘的個別探險行動。道教中人憑一己之力而借助於登涉之術，進入洞窟之內作開拓性的歷險行動，是真正的探險者[64]。在他們的眼中，較未開發的自然界中存在的洞窟，才是道之著象、氣之分形[65]。鄭毓瑜從經濟目的的角度補充，晉宋人士探尋山水之美不乏基於山澤開發的目的，賞翫宴集、弋釣泛遊與經營山野園宅互相聯繫，山野園宅可以透過經營開發而具有栖逸的品味[66]。

　　除了這些原因之外，山水詩的出現，正代表內在有新的創作意識在形成，以不同以往的態度來看山水。鄭毓瑜提出在六朝時期的「寓目美學觀」，是一種由人與山水共同完成的寓目實存，即由「我」的投注表現了真山實水，而在山水的本質結構中有「我」的中心席位，人與山水是彼此投入，互相依存的。謝靈運以親歷身觀，於詩中構現山水的真實形象，那

62　林文月：〈從游仙詩到山水詩〉、〈中國山水詩的特質〉，收入《山水與古典》（臺北：純文學，1976），分見頁 1-22、23-61。

63　王國瓔：《中國山水詩研究》（臺北：聯經，1986），頁 11-150。

64　李豐楙：〈洞天與內景：西元二至五世紀江南道教的內向遊觀〉，收入劉苑如編：《體現自然——意象與文化實踐》（臺北：中研院文哲所，2012），頁 45。

65　李豐楙：〈遊觀與內景：二至四世紀江南道教的內向超越〉，收入劉苑如編：《遊觀——作為身體技藝的中古文學與宗教》（臺北：中研院文哲所，2009），頁 225。

66　鄭毓瑜：〈身體行動與地理種類——謝靈運《山居賦》與晉宋時期的「山川」、「山水」論述〉，《文本風景》（臺北：麥田，2014），頁 356-362。

些似乎沒有情意感動的景觀，其實正是因為對視看身觀有嶄新、深入的體驗，使得寓目物色不容被重塑改造。詩末的興情、悟理則很可能只是觀見體驗的類推引申，情理概念落居陪襯客位，正說明了寓目之美觀、蘊真之實景的優先地位[67]。如果「山水詩」的「山水」表現，是同一時期的「山水觀」之分殊性顯現，楊儒賓從思想史的角度考察，發現永和到元嘉間出現的山水觀，受到郭象的「獨化」與支道林的「即色遊玄」之思潮影響，是一種氣化、虛靈、脫情的「玄化山水」，這種「質有而靈趣」的面向一般因受限於攝受主體之「煩情」，不能呈現，而觀者也要是一形氣美學主體，滌除玄覽，才能使山水如如呈現[68]。

蕭馳亦指出郭象玄學以「遊外而冥內，無心以順有」開拓內在超越之途，自然生命之原發精神催生了山水詩[69]，另一個共同因素是大乘佛教的容受，其中淨土觀念引發文人對遠離人寰的自然山水題材的關注，對佛的身相之關注和佛陀法身、色身遍在的觀念，將對清淨山水的觀照提升至莊嚴體證生命真實的層次上，而由佛教將主體性作為世界的根源，山水詩的開山者謝靈運初步確立了對自然的「現象論」態度，日後的「詩境」說於此已開始萌芽[70]。

山水賦的發生學大致循二條線索，其一強調漢賦的山水書寫的深刻影響，如章滄授認為只有漢賦才形成和發展了山水文學，後世山水文學的

67　鄭毓瑜：〈觀看與存有——試論六朝由人倫品鑒至於山水詩的寓目美學觀〉，《六朝情境美學綜論》（臺北：學生，1996），頁 121-170。

68　楊儒賓：〈「山水」是怎麼發現的——「玄對山水」析論〉，收入蔡瑜編：《迴向自然的詩學》（臺北：國立臺灣大學出版中心，2012），頁 75-126。

69　蕭馳：〈郭象玄學與山水詩之發生〉，《中國思想與抒情傳統第一卷：玄智與詩興》（臺北：聯經，2011），頁 225-270。

70　蕭馳：〈大乘佛教的受容與晉宋山水詩學〉，《中國思想與抒情傳統第二卷：佛法與詩境》（臺北：聯經，2012），頁 15-86。

題材該備於漢賦[71]；其二著眼於山水審美意識成熟，如程章燦主張到了東晉，山水自然之美成為人自覺的審美對象，才出現以描寫山水，從而體驗山水的自然美為主體的賦作[72]。孫旭輝較全面地考察了山水賦的生成史，溯源《周易》、《山海經》、《詩經》、《楚辭》如何參與體物審美意識的成熟化，並以與賦體直接勾連的《楚辭》作為體物審美意識進入文學的直接中介。接著論述詠物、宴遊、紀行賦三者共同顯示了體物審美意識由近身物什走入人工苑囿，繼而走進更為廣闊的自然空間的過程。隱逸賦為體物審美提供了心理基礎，玄言賦則以玄理減弱了主體情感抒發對自然山水審美質素的輻射與遮蔽。最後切入中古佛經翻譯和佛經受容中的語言觀及審美意識，突顯其對中古語言文學觀念和審美意識發展的影響[73]。

其次為「作品特色與演變」：林文月指出，出於對大自然熱烈的愛好、深入的體悟與親身遊歷之經驗，山水詩以自然山水主要題材對象，模山範水的詩句佔全詩過半比例以上，而且，鉅細靡遺的寫實精神為其一大特色，運用上句寫山、下句寫水，或上句寫聞、下句寫見等相對的排偶句法，書寫耳目感官所體會的大自然。山水詩不只有外貌的摹臨，並以謝靈運所奠定的「記遊──寫景──興情──悟理」為基本結構。從承變的觀點而言，鮑照在遣詞造句、結構、章法等許多方面承襲了大謝，但已不聞知音難覓之悲響；謝朓以詠物詩方式寫山水自然，莊老之色彩乃告退，梁陳的寫作態度便已不再熱烈，風格上更傾向純粹客觀寫實，不見因景所興之情，更不及於莊老之哲理[74]。

關於模山範水的「巧構形似」之言，廖蔚卿則針對這個六朝詩賦及別

71　章滄授：〈漢賦與山水文學〉，《安慶師範學院學報》1987 年 03 期，頁 65-71、38。

72　程章燦：《魏晉南北朝賦史》（南京：江蘇古籍出版社，2001），頁 137-143。

73　孫旭輝：《山水賦生成史研究》（杭州：浙江大學文藝學博士論文，2008）

74　林文月：〈中國山水詩的特質〉、〈鮑照與謝靈運的山水詩〉，收入《山水與古典》（臺北：純文學，1976），分見頁 23-61、93-123。

類文體、名士言談共有之現象進行研究。其題材以日月、風雲、草木、山水等自然物色為主；技巧有密附、曲寫，不僅指儷詞、奇句、新辭，主要是指比興誇飾等描寫形容的修辭技巧；巧構形似的作用及目的，為吟詠其志；結構上，巧構形似之言的詩，大抵以「體物」、「寫物」及「感物詠志」三要素組合而成；在創作原理上，是以「緣情」說為基礎的[75]。

王國櫻從意象和對比的角度，討論了山水詩在形象模擬上表現的典型特徵。山水詩人塑造意象以捕捉山水全貌，利用意象與意象的對比關係，來喚起象外之象、景外之景；通過對比技巧，山水畫面的經營安排是以多重成迴旋的視點來攝取大自然的全貌，高下起伏遠近不同鏡頭之景象，可以共存並發於空間，並任其空間的延長和張力來反映萬物萬象。王國櫻也根據美感經驗的展露，探討詩中的物我關係，歸納為相即相融、若即若離、或即或離三種典型，可單獨存在，亦可輪流出現於一詩中。但唯有忘卻社會人生中之「自我」，才能享有山水的美感經驗，自然山水才能在不受知性介入或情緒干擾的狀況中，以其本來的面貌自然顯現[76]。

在山水詩的個別作者中，謝靈運受到了極大的關注，除了如林文月所指出的，在多方面奠定了山水詩的基調，蔡瑜和蕭馳也針對其山水詩的美感特質細膩分析。蔡瑜認為謝靈運山水詩前後期分別展現了「玄思式的理感」與「賞媚式的美感」，前者係以理感連結現實的山水情境與玄學典故，用具體的山水意象形成感應場而創作的山水詩；後者將理的感應推向美的感應，契入具體的賞美體驗，在山水情境中反覆究詰情、理、美的關係，展陳緣情主體在山水中如何轉化為賞美主體的過程[77]。蕭馳觀

75　廖蔚卿：〈從文學現象與文學思想的關係談六朝「巧構形似之言」的詩〉，《漢魏六朝文學論集》（臺北：大安，1997），頁 537-578。

76　王國櫻：《中國山水詩研究》（臺北：聯經，1986），頁 297-441。

77　蔡瑜：〈重探謝靈運山水詩──理感與美感〉，《臺大中文學報》第 37 期（2012 年 6月），頁 89-91+93-127。

察到謝靈運特別喜愛寫澄淨的山水，並使用以形容詞替代名詞這一非範疇化的表現。蕭馳論斷謝詩的美感系統乃基於山／水一詞隱含的一元兩極構架，在這一點的影響下，謝靈運雖是發現汀渚、泚湄曲線之美的第一人，更在描寫山水的色彩選擇上凸顯種種對比，卻因這一元兩極構架而忽略了對雲空、雨霧以及迷濛山水的感知。蕭馳揭示了謝詩心物關係話語中的分裂：在山水化除鬱結、祛情累的玄學話語之外，又書寫了情累無以祛除的時刻，並以景物摹擬和反襯心緒。這裡啟動了一種「外在的內在化」的表現，成為日後以「景語」作「情語」詩學話語的開始[78]。

關於大謝之後的重要南朝山水詩人，蕭馳提到，鮑照將景物置於廣闊的天／地構架之中，增添了天象和渺溔的濕氣象，而大謝山／水基元構架下的山／水與色彩的對比，在鮑照筆下被景物間的明暗關係所替代，森茫的江天濕氣象成為漂泊旅人迷茫、陰沈心境的象徵。鮑照承繼大謝遊覽山水無法實現化解憂鬱的初衷，反令山水成為心中憂鬱的象徵，卻又不必再去如大謝那樣敘寫一展積鬱的初衷。至於謝朓，他所望的常常是官廨衙署軒窗中的「風景」，不僅令「山水」與都邑毗連，且令詩中風景前所未有地出現了具畫意的平遠構圖，敏感於眼前同一片天地中的變化，心靈的微瀾油然因之而起，再無遊覽和理辯的區隔，因為心境的變化亦幾乎與風景同步。謝朓也關注長江中下游平原丘陵在濕氣象中的風景，但不像鮑照以厚重的煙霾寫其迷茫悽惶的心境，而是以「清遠綿渺」、「芊緜蒨麗」的景物，表達其不失優美情調的輕愁薄悵[79]。江淹的山水詩賦具有兩項發明：畫意空間和「興會神到」的想像空間，分別在何遜和陰鏗詩作中得到發展。何遜在江月離舟和雪地梅開中營造了畫意空間，其以彰顯環繞中

---

[78] 蕭馳：〈從實地山水到話語山水──謝靈運山水美感之考掘〉，《中國文哲研究集刊》第 37 期（2010 年 9 月），頁 1-50。

[79] 蕭馳：〈後謝靈運時代的「風景」──以鮑照、謝朓為例〉，《漢學研究》30 卷 2 期（2012 年 6 月），頁 33-70。

心「時象」的同質性氛圍為特徵，是繼江淹以神仙道教為氛圍渲染九石赤虹之後，山水描寫中畫意空間之世俗化。這一畫意空間的營造，顯然與詠物詩有關，體現了詠物與去離即景之作的結合。陰鏗拓展了江淹〈從冠軍行建平王登廬山香爐峰〉一詩突破經驗世界而「祇取興會神到」的想像空間，其中種種景物，已非取自一時一地，而是任意剪裁重組，化山水為意義繁複的「識象」。何遜和陰鏗代表了中國詩趨向近體化過程中，山水描寫「從外向內」的兩種轉變[80]。

　　少部分學者注意到山水詩的用典問題，如典故的重要性與當下的賞景經驗之間有什麼相應的平衡關係？山水詩人從自然景觀及文學傳統中分別吸收借用到什麼程度？沈凡玉以謝靈運喜用的《楚辭》典事詞語為例，其筆下山水景物在寫實與象喻之間界線模糊，山水不僅是觀賞與體道的對象，更可能是作者隱者形象的反映，象徵其孤高絕俗的精神世界[81]。李佩璇論及謝靈運後期山水詩襲用楚辭之典事，重構出「靈域」空間[82]。田菱注意到謝靈運山水詩中的《易經》典故運用，她認為如果放在〈繫辭傳〉的架構模式來觀察，讓文字（言）配合圖象（象）、圖象（象）配合概念想法（意），以確保較準確的文本詮釋，就可以從一個比較概念性的角度欣賞謝靈運的作品，詩中後半段看似散漫不得要領的陳述，反而會使前半段寫景的部份更顯強烈、更為重要。若將《易經》引文看成天地與人世間的媒介，許多謝靈運經典作品中的架構模式就會變得極其合理，甚至十分巧妙。將詩句排序視為詩人心靈之旅與感發的具象呈現，那景物描寫後接

80　蕭馳：〈南朝詩歌山水書寫中「詩的空間」的營造〉，《中國文哲研究集刊》第 40 期（2012 年 3 月），頁 1-40。

81　沈凡玉：〈由典故運用試論謝靈運詩與「楚辭」之淵源〉，《中國文學研究》第 18 期（2004 年 6 月），頁 55-84。

82　李佩璇：〈謝靈運山水詩中的「靈域」書寫〉，《中國文學研究》第 28 期（2009 年 6 月），頁 109-135。

哲思性的抒懷就不再是減損詩意的缺失，而是詩人的經驗式佐證。《易經》本身就蘊含了解答世界現象的符碼系統，讓這些表面現象得以形成具有意義的架構，並且將天地與人世間本質性的關聯牽繫起來[83]。

山水賦的審美特徵大致上被認為是博大雄奇、宏偉壯麗的[84]，全面地描寫展現山水景物的完整形態和色彩，並有記遊夾敘夾議的成分。從思想內容而言，包含了審美體驗、觸發的情感和領悟的佛道玄理[85]。李征寧以歷時性的觀點，指出西晉的大部分山水賦，包括京都賦等其他賦作對山水的描寫，大都為想像之作，延續了從枚乘〈七發〉、司馬相如〈子虛〉、〈上林〉到揚雄〈甘泉〉、班固〈兩都〉賦中的虛構誇飾手法，用鋪陳的方式來描繪想像中的山水，達到逞才的目的。但從西漢到南朝劉宋年間，山水賦存在一個從虛構走向寫實的發展特徵，晉宋之際的賦作中，這個特徵尤為明顯，謝靈運的〈山居賦〉是其中的代表。謝靈運一方面運用漢大賦的傳統手法，對始寧別墅的種種景觀進行鋪寫；另一方面又多用雕繪修飾的手法描寫景物，使其中山水景物的描寫更加真實可信[86]。所謂全面描寫、虛構誇飾，顯示出山水賦與山水詩在本質上的差異，蕭馳指出原發精神所催發的山水詩，本質是限知的、原發的，欲傳達的美感主要為一時一地的即目體驗；賦力圖對所賦的對象作一窮盡的鋪敘，作賦者為全知的，不僅依賴當下感知，甚至也非主要有賴身歷，故而不乏文獻資料的引據稽驗，

83　田菱：〈風景閱讀與書寫——謝靈運的《易經》運用〉，收入劉苑如編：《體現自然——意象與文化實踐》（臺北：中研院文哲所，2012），頁 147-174。

84　張寧：〈論中國古代山水賦的審美特徵〉，《大同高等專科學校學報（綜合版）》1995 年第 1 期，頁 45-48。

85　馬磊、丁桂春：〈論晉代山水賦的思想價值及藝術成就〉，《岱宗學刊》第 6 卷第 2 期（2002 年 6 月），頁 23-24。

86　李征寧：〈從虛構走向寫實：《山居賦》與山水賦的轉型〉，《棗莊學院學報》第 29 卷第 1 期（2012 年 2 月），頁 30-34。

和侈言想像的成分。[87]

　　從文化詮釋的角度探討山水賦者，大多圍繞在神聖空間或（國家）權力象徵的建構上[88]。相對於此，齊藤希史表示，謝靈運〈山居賦〉描述規模壯大的、被山水圍繞的「居」，包含歌詠家族生活經營或與友人的宴遊之樂，是一種與「國家的秩序」相對的、歌頌「私的秩序」之文學宣言[89]。

　　從山水詩、山水賦受重視的程度落差看來，學界已有一套閱讀山水詩的方式，但尚未有一種更全面地看待山水文學或山水書寫的方法。鄭毓瑜嘗試從名物連類的角度研究山水文學，整合起傳統與當代的地理論述，可以看到先秦以來強調理地治國的「山川」論述，轉化為東晉以降因窮究歷覽與山澤開發形成的「山水」論述，核心關鍵就在於透過身體行動的地理發現，造就一套新的名物連類方式的形成，推促一個新「種類」地理的產生。「山川」或「山水」風貌在不同時代的提出，從來沒有離開過這套名物連類系統，同樣奠基於名物類聚系統的〈山居賦〉，正是地理書寫轉向下的代表作品，謝靈運不只是山水詩的大家，更是「新地理」論述的營造者之一[90]。

87　蕭馳：〈郭象玄學與山水詩之發生〉，《中國思想與抒情傳統第一卷：玄智與詩興》（臺北：聯經，2011），頁 258-270。

88　陳心心、何美寶：〈唐以前海賦的研究──以 Eliade 的宗教理論為基礎的分析〉，《中外文學》第 15 卷第 8 期，頁 130-151。陳萬成：〈孫綽《遊天台山賦》與道教〉，《新亞學術集刊》第 13 期（1994），頁 255-263。高莉芬：〈水的聖域：兩晉江海賦的原型與象徵〉，《政大中文學報》第 1 期（2004 年 6 月），頁 113-148。吳翊良：《空間・神話・行旅──漢晉辭賦中的「山水書寫」研究》（臺南：國立成功大學碩士論文，2007）。

89　齊藤希史：〈「居」の文学──六朝山水／隱逸文学への一視座〉，《中國文學報》（日本：京都大學文學部中國語學中國文學研究室，1990 年 10 月）42 卷，頁 61-92。

90　鄭毓瑜：〈身體行動與地理種類──謝靈運《山居賦》與晉宋時期的「山川」、「山水」論述〉，《文本風景》（臺北：麥田，2014），頁 347-390。

山／水銘文之時空背景、意涵與形式，
及銘文史上之意義

山／水銘文之研究成果，將從「作品之時空背景」、「作品之意涵與形式」、「銘文史上之意義」三面向進行評述。

關於「作品之時空背景」：研究主要集中在張載〈劍閣銘〉和鮑照〈石帆銘〉。〈劍閣銘〉的著成時間受到頗多關注，主因是此作涉及諸多年代問題，如張載入蜀、「二陸入洛，三張減價」、左思〈三都賦〉創作前後經緯等等。研究結果有二說，其一繫於泰始九年（273，癸巳年）[91]，其二繫於太康六年（285，乙巳年），俞士玲不僅辨證主張第一說，更進而推測益州刺史張敏表上其文，武帝遣使鐫之於劍閣山，乃顯示武帝伐吳決心，張敏表達支持武帝等主戰派的立場[92]。

關於〈石帆銘〉的石帆山所在，有支持盛弘之《荊州記》所稱之武陵舞陽縣者[93]，也有支持位於江蘇六合縣瓜步山附近者[94]。由於地點認定不同，據以對照鮑照生平行跡來酌定銘文寫作繫年也有所出入。

---

91 俞士玲舉出主張泰始九年的如：沈玉成、傅璇琮〈中古文學叢考・三張小考〉；主張太康六年的如：陸侃如《中古文學繫年》、姜劍雲《太康文學研究》。見俞士玲：《西晉文學考論》（南京：南京大學出版社，2008），頁 55-58。主張泰始九年者尚可參曹道衡、沈玉成：《中古文學史料叢考・張載〈劍閣銘〉作年及〈七哀詩〉佚句》（北京：中華書局，2003），頁 164-165。主張太康六年者還有朱曉海：〈張載劍閣銘著成時代及其相關問題〉，《書目季刊》10 卷 1 期，1976 年 6 月，頁 57-59。

92 俞士玲：《西晉文學考論》（南京：南京大學出版社，2008），頁 57-58、82-87。

93 （清）許槤評選，梨經誥箋注：《六朝文絜箋注》（香港：中華書局香港分局，1987），頁 153。（劉宋）鮑照著，錢仲聯增補集說校：《鮑參軍集注》（上海：上海古籍，2005），頁 127。（劉宋）鮑照著，丁福林、叢玲玲校注：《鮑照集校注》（北京：中華書局，2012），頁 969-970。劉文忠：《鮑照和庾信》（臺北：群玉堂，1991），頁 53。

94 顏慶餘：〈鮑照《石帆銘》繫年辨正〉，《中華文史論叢》118 期（2015 年 2 月），頁 78、138。

相對於一般銘文與銘刻地點的緊密關聯，于書亭的研究開啟了「無關」的討論空間。他考察了鄭述祖〈天柱山銘〉中的鄭羲諡號與官職，發現皆被私自美化，與鄭道昭在〈鄭羲上、下碑〉中所為如出一轍，而能夠擅自改動的原因，可能是這些銘文的刊刻地點與所稱頌的人物之間缺乏關聯——它們都刻於作者政評良好的轄區光州，而非鄭羲及許多鄭氏家族成員名聲惡劣的家鄉榮陽[95]。

第二是「作品之意涵與形式」：歷代的史書、選集、別集的註釋提供了銘文字詞、典故的基本理解，例如班固〈封燕然山銘並序〉可資於《後漢書》、《文選》之註釋[96]，張載〈劍閣銘〉可參《晉書》、《文選》的諸家說解[97]；鮑照〈石帆銘〉與庾信的部分銘文，也有《六朝文絜》相關箋注[98]；錢仲聯增補集說校的《鮑參軍集注》[99]與晚近丁福林、叢玲玲校注的《鮑照集校注》[100]，以及倪璠《庾子山集注》[101]均是針對單一作家全部作品的校注。

詮釋銘文全篇意涵與形式的研究，大抵以上述註釋為基礎，何崝著重闡述〈劍閣銘〉分析了導致蜀地動亂的因素，並提出以任用親子弟（「非

95　于書亭〈《鄭羲上、下碑》之研究〉、〈鄭羲諡號捃屑〉、〈《天柱山銘》析疑〉，分見于書亭：《鄭道昭與四山刻石》（北京：人民美術，2004），頁 19-27、40-44、71-78。

96　（劉宋）范曄撰，（唐）李賢等注，（晉）司馬彪補志：《後漢書》（臺北：鼎文，1981），卷 23〈竇融列傳〉，頁 815-817。（梁）蕭統編，（唐）李善注：《文選》（上海：上海古籍出版社，1986），卷 56，頁 2406。

97　（唐）房玄齡：《晉書》（臺北：鼎文書局，1980），卷 55〈張載傳〉，頁 1516-1517。（梁）蕭統編，（唐）李善注：《文選》（上海：上海古籍出版社，1986），卷 56，頁 2410-2412。

98　（清）許槤選，曹明綱撰：《六朝文絜譯注》（上海：上海古籍，1999），鮑照〈石帆銘〉見頁 218-222，庾信見 229-233。

99　（劉宋）鮑照著，錢仲聯增補集說校：《鮑參軍集注》（上海：上海古籍，2005）。

100　（劉宋）鮑照著，丁福林、叢玲玲校注：《鮑照集校注》（北京：中華書局，2012）。

101　（北周）庾信撰，（清）倪璠注，許逸民校點：《庾子山集注》（北京：中華，1980）。

親勿居」）為安定蜀地的方略，直指根本之道實為德治[102]。俞士玲觀察同時代的表現，認為「險不可恃」的立意，在當時還有張華《博物志・地理贊》、左思《三都賦・魏都賦》，在中書、著作這一小圈子裡，在平吳與否的激烈大辯論中，發出同一種聲音絕非偶然，因而推斷張敏與武帝的主戰意圖，但他未直接明論張載自身的動機[103]。

孫亭玉認為班固〈封燕然山銘並序〉過度讚美了這次戰爭，她從歷史的角度評判，武帝之後，高帝和文帝時的陰影早已被無數的勝利掩蓋，另外章、和之際北匈奴的勢力不堪一擊，漢朝北部邊境十分安定，也與此戰關係不大，如此高度的評價流露出作者自己參與此戰的自豪之情[104]。曹勝高認為「一勞而永逸，暫費而永寧」有為此戰正當性辯護之意[105]；孫亭玉則從典故成辭的運用，指出班固如何透過〈大雅〉、〈周頌〉的成語化用，來表現出戰的正當性[106]。不少學者以文體史的觀點，指認〈封燕然山銘並序〉的長序是運用賦體的鋪陳，末尾的短銘如〈九歌〉的騷體，序的韻散參差，銘的句句押韻，給人鮮明的節奏美感[107]。

田曉菲從蕭綱生命史的角度闡釋了〈秀林山銘並序〉，寫於侯景勢力下的傀儡統治歲月裡，遵循銘文傳統的措詞溫美，未顯示任何難堪的處境，維持了梁朝宮廷的優雅風度和雍容外表，昭示蕭綱對年號的最初選

102　何靖：〈讀張載《劍閣銘》〉，《文史雜誌》2002 年 1 期，頁 22-24。

103　俞士玲：《西晉文學考論》（南京：南京大學出版社，2008），頁 57-58、82-87。

104　孫亭玉：〈論班固的銘〉，《文學遺產》2008 年第 4 期，頁 121。

105　曹勝高：《漢賦與漢代制度──以都城、校獵、禮儀為例》（北京：北京大學，2006），頁 235。

106　同註 104，頁 122。

107　如註 104，頁 121-122。又如康達維（David R. Knechtges）在《劍橋中國文學史》中指出，見孫康宜、宇文所安編，劉倩等譯：《劍橋中國文學史・上卷・第二章》（北京：生活・讀書・新知三聯書店，2013），頁 171。

擇：「文明」（「外柔順而內文明」）[108]。

曹明綱論及了寫作手法的層次，他觀察到題詠類的山／水銘文中，在形似手法外有另一種書寫模式，如庾信〈後堂望美人山銘〉、〈行雨山銘〉，乃從山名「美人」、「行雨」生發想像，別具一格[109]。

最後為「銘文史上之意義」：褚賦杰、陳必祥、劉玉珺都按題刻處為銘文分類，因而分出「山川銘文」一類。褚賦杰依照山川銘文的內容性質，區分為「警戒性」和「頌贊性」。前者以〈劍閣銘〉為例，指稱具有勸誡、告誡之意的作品；後者他又稱之為「題詠性」，乃指六朝齊梁以後多有的，用駢體來寫的「狀景紀勝，並無深意」小品，如庾信〈明月山銘〉、〈吹臺山銘〉、〈玉帳山銘〉等等，並以「似乎也寓有某些戒世之意」的鮑照〈石帆銘〉為啟始之作[110]。而陳必祥認為這些「贊頌自然景色，類似寫景文」如庾信〈明月山銘〉、鮑照〈石帆銘〉等的作品，並不屬於表警戒、記功德之類[111]，劉玉珺遂以「禮贊題詠性」（或「題詠禮贊性」、「題詠性」）指稱「對山川進行禮贊」、對自然山水景物「單純題詠」、「記勝頌奇」的銘文。在源流的探討上，劉玉珺也更細緻地將山／水銘文的始祖推至秦李斯刻石，題詠性的山／水銘文則上溯孫綽〈太平山銘〉，湛方生〈靈秀山銘〉繼之，再來是鮑照〈石帆銘〉，認為「依然寓有某些戒世之意」，有「張載〈劍閣銘〉的影子」。劉玉珺指出鮑照之後題詠性山／水銘文大興，對於山水的態度也有所改變：山水已不再是載體，而是「符合作者審美感覺的一種審美化的自然物象」，她也承襲了曹明綱的觀點，舉出庾信〈行雨山銘〉從山名生發想像的另一種寫法[112]。

108　田曉菲：《烽火與流星：蕭梁王朝的文學與文化》（北京：中華，2010），頁233。
109　（清）許槤選，曹明綱撰：《六朝文絜譯注》（上海：上海古籍，1999），頁232。
110　褚斌杰：《中國古代文體學》（臺北：學生，1991），頁433-436。
111　陳必祥：《古代散文文體概論》（臺北：文史哲，1987），頁178。
112　劉玉珺：《先唐銘文研究》（桂林：廣西師範大學中國古代文學碩士論文，2002），頁

　　宏觀唐前的演變，趙殷尚勾勒出從非描寫「山水之美」到描寫「山水之美」的轉變，如他認為李尤只是對「山水」的客觀描述，不是「美景」的描繪，追求的是懷古和因此得來的歷史教訓，不是山水之美；相對而言，庾信描寫了山水之美，但未能充分灌注情感，令人覺得陳詞濫調、語言無味[113]。張應杰著重指出形式上的差異：六朝大抵為四言韻語且逐漸駢體化，唐代則不限於四言，而駢散兼用[114]。對於南朝興起題詠性山／水銘文的趨勢，禹翱相當獨到地將之納入詩文共同潮流中討論，認為到了南朝，山水景觀真正成為銘文創作的主體，屬於山水詩文早期的作品，而禹翱從不如後代物我交融的境界來評價，因此認為少見個體獨抒性靈之作，亦不見獨特的創作風格，山水只是單純作為審美對象獨立存在而被描摹，應是受到當時山水詩歌主流風潮影響的結果，但為後世山水詩文的成熟奠定了良好的基礎[115]。

　　經由以上回顧，我們大致可掌握唐前山／水銘文的內容性質分類，略知部分作品與創作環境的關係、題材及手法的演變，也發現山／水銘文無法完全自外於山水詩文的發展潮流。談到山／水銘文的分類，其中二類不脫《文心・銘箴》為「銘文」所歸納的「褒讚」、「警戒」，而第三類「題詠」則是歷來古典文論略而不談的。這三類的書寫模式，似乎各不相同，甚至在同一類中也不限於一種寫法，如在回顧中提到的題詠性山／水銘文；另外，像褚賦杰和陳必祥指出警戒性銘文通常是從某些器物的性質、功用出發，聯想到人事活動，揭示出某種哲理性的寓意，從而起到規勸和警戒的

11-12、14-16。

113　趙殷尚：《唐代古文運動先驅者及其散文研究：以蕭穎士、李華、賈至、元結為主》（新竹：國立清華大學博士論文，2003），頁198-199。

114　張應杰：《唐代銘文研究》（合肥：安徽大學中國古代文學碩士論文，2007），頁45-46。

115　禹翱：《南朝銘文研究》（長沙：湖南大學中國古代文學碩士論文，2008），頁21-24。

作用[116]——揭示出警戒性銘文的書寫傳統，究其書寫關鍵，便在於載體與銘文之間的關係。當載體為山水時，從山水（載體）與銘文的關係切入，不僅得以釐清人與山水之間這一層備受忽視的關係，也才能彰明山水如何參與銘文書寫，照見其與銘文書寫傳統、與同時間盛行的山水詩文的離合互動，讓山／水銘文之所以不同於其他銘文、不同於山水詩賦的地方突顯出來。

本書以唐前為範圍搜尋歷代總集、選集、別集、拓本、類書、史傳等材料，擇取題目有山／水的銘文作為研究對象。然而，題目有可能非作者所下，而為後人（如編者）擬定，尚且題目未必唯一，而可能是複數、變動的。在這些限制下，我們無法言之鑿鑿某篇是被某個作者、編者或時代所認定的山／水銘文，仍需有所保留，承認其中的不確定性。

透過探討這些題目有山／水的銘文，預期應能掌握住山／水銘文最為核心的議題和特徵，因此，本書將不討論那些題目似與山／水相關但不含山／水的銘文，像是李尤〈函谷關銘〉、江總〈永陽王齋後山亭銘〉、〈玄圃石室銘〉等等，它們是否能像皇甫湜〈狠石銘〉、李翱〈江州南湖堤銘〉被認定為山／水銘文固然可辯，對於釐清山／水銘文究竟是什麼卻非必要的樣本。

褒讚、警戒、題詠三類銘文，因其語用性因素的差異，在人與載體之間的關係也各有其著重的面向，本書將分章論述褒讚、警戒、題詠性的山／水銘文。

116　統合褚斌杰、陳必祥對器物銘的寫法的意見，參見褚斌杰：《中國古代文體學》（臺北：學生書局，1991年），頁430；陳必祥：《古代散文文體概論》（臺北：文史哲，1987年），頁177。

褒讚與空間意義

　　唐前褒讚性的山／水銘文大抵是曾經銘刻於山壁或礫石的，例如班固〈封燕然山銘〉自稱「乃遂封山刊石，昭銘上德……封神丘兮建隆嵑，熙帝載兮振萬世」[117]，《後漢書》也說：「憲、秉遂登燕然山，去塞三千餘里，刻石勒功，紀漢威德，令班固作銘」[118]，庾信〈終南山義谷銘並序〉寫明「因功立事，敢勒山阿」[119]，鄭述祖〈天柱山銘〉最後有「大齊天統元年歲次乙酉五月壬午朔十八日己亥刊」[120]。不過除了鄭述祖〈天柱山銘〉有殘石存於博物館[121]，亦有拓本流傳[122]，其餘已無跡可尋。「熙帝載兮振萬世」透露出藉由山石這載體，將所欲稱揚的人事記憶傳之久遠的企圖。蔡邕〈銘論〉即言：「物之不朽者莫不朽于金石」[123]，是一個對於載體選擇理由的簡明宣說，文字和記憶所寄生的載體（金石），往往聯繫上「不朽」的相關概念群。然而，選擇金或石作為載體，隨著場合、用途目的、時代的不同，也可能牽涉相異的文化背景。商周青銅器銘文主題涵括了祭祀、冊命、軍事成果、土地契約、法律協定、婚姻、外交等等[124]，若以軍事為例，上文提到《左傳》襄公十九年臧武仲之言論中，銘功於彝器所深

117　（劉宋）范曄撰，（唐）李賢等注，（晉）司馬彪補志：《後漢書》（臺北：鼎文，1981），卷 23〈竇融列傳〉，頁 815-817。

118　同前註，頁 814。

119　（北周）庾信撰，（清）倪璠注，許逸民校點：《庾子山集注》（北京：中華，1980），頁 680。

120　北京圖書館金石組編：《北京圖書館藏中國歷代石刻拓本匯編》（鄭州：中州古籍，1989），冊 2，頁 156。

121　于書亭：《鄭道昭與四山刻石》（北京：人民美術，2004），頁 71。

122　同註 120。

123　同註 120，頁 876。

124　商周青銅器銘文的主題、形式和社會背景，可參 Martin Kern 的敘述，見孫康宜、宇文所安編，劉倩等譯：《劍橋中國文學史‧上卷‧第一章》（北京：生活‧讀書‧新知三聯書店，2013），頁 33-43。

植的規範（禮）可能被違反，規範與其涉及的文化背景也可能變遷，如季武子的行為就被視為不合禮；或者像《左傳》僖公二十五年正月丙午，衛伐邢，禮至與國子邢正卿巡城，挾之而投於城外殺之，禮至自為銘：「余掖殺國子，莫余敢止」，也被認為這樣一件不知恥詐、滅同姓之事不應銘功於器[125]，在事與器之間有一份合宜的關係不再被重視或遭到損毀。

石刻可以追溯到早有此風氣的秦地，程章燦認為秦始皇巡行七刻在鞏固並確定政治權威的意圖下，無形中規定了石刻的皇家色彩，也限制了應用和推廣。石刻繼彝器而興，且應用越來越大量廣泛，是在東漢以後，從用途上觀察，大致有山川祭祀封禪、祭祀古聖祖先、在某君生前或身後頌讚功德事業，可說逐漸走向民間化、大眾化[126]。巫鴻指出東漢時期喪葬紀念性石質建築與雕刻成為一種普遍的現象，為何在漫長歲月中似乎相當忽視石頭的建築材料價值的中國人，突然「發現」了石頭，並且賦予與「暫時」的木頭相對立的「永恆」概念，他考察可能與西漢以來開始越來越注意西方世界有關，漢人從印度文化中尋得喪葬石質藝術的靈感，改變了中國美術史的發展路線[127]。因此，人們對於金石的認知與態度顯然會有差異變動，當我們試圖理解褒讚類的山／水銘文時，載體所處的文化背景是一個重要關鍵，除了永恆不朽的渴望外，也許還有更多探討、呈現的需要。

我們恐怕不只要問為什麼選擇銘刻於山石，還得進一步問為什麼「在這裡」銘刻。韓文彬（Robert E. Harrist, Jr.）曾經分析北魏鄭道昭在雲峰山的一組包含五言詩、題景的摩崖刻辭，表示隨著造訪者沿途覽誦，即被這

125 （晉）杜預注，（唐）孔穎達疏：《左傳注疏》（臺北：藝文印書館，1965，十三經注疏本），〈僖公二十五年〉，頁262-2。

126 程章燦：〈從金到石，從廊廟到民間──石刻的興起及其文化背景〉，《石學論叢》（臺北：大安書局，1999），頁237-245。

127 巫鴻著，李清泉、鄭岩等譯：《中國古代藝術與建築中的「紀念碑性」》（上海：上海人民，2009），頁154-177。

些刻辭引導想像進入仙人靈境，最後經過山頂雙闕，見礫石上刻有仙人之名，代表已至天界。也就是說，造訪者的實地感受不僅得之於景，亦得之於文，實體山嶺至想像空間之轉變實有賴於語言[128]。這無疑提醒在理解本章所要討論的山/水銘文時，需要考量空間位置的因素[129]，而且選擇「在這裡」銘刻，很難說沒有形塑空間意義的動機，而銘文在形塑意義的過程中扮演著重要角色。人文地理學者段義孚（Yi-Fu Tuan）就曾建議，除了關注於物質層面，應將常被忽視的語言（包含口頭交談與寫下的文字）納入建構和理解地方（place）不可或缺的一環，關注於語言能使我們更了解建構地方的過程，和地方的特質（quality: the personality or character）[130]。事實上，當銘文鐫刻於山水間時，可以將包含銘文在內的整部地景看作一件表意的文本（text）[131]，這個銘文所在的整體環境，都會影響著遭遇現場者的理解和反應[132]。由於受限於無法還原這些山/水銘文的現場實況，這章的討論，一方面將探討選擇鐫刻於山石所可能牽涉的文化關係網；另

128　韓文彬（Robert E. Harrist, Jr.）：〈六世紀中國之書寫、風景與表現：雲峰山解讀〉（Writing, Landscape, and Representation in Sixth-Century China: Reading Cloud Peak Mountain），收入巫鴻編，《漢唐之間的視覺文化與物質文化》（北京：文物，2003），頁 535-570。

129　韓文彬認為摩崖文字 "become part of the landscape environment where they appear, and any attempt to understand the meanings of these open-air inscriptions must take into account their locations in space." 同前註，頁 536。

130　Yi-Fu Tuan, "Language and the Making of Place: A Narrative-Descriptive Approach," *Annals of the Association of American Geographers* 81, no. 4 (Dec. 1991): 684-696.

131　文化地理學者把地景「視為一套表意系統（signifying system），顯示社會據以組織的價值。據此，地景可以解讀為文本（text），闡述著人群的信念。地景的塑造被視為表達了社會的意識形態，然後意識形態又因地景的支持而不朽。」見 Mike Crang 著，王志弘、余佳玲、方淑惠譯：《文化地理學》（臺北：巨流，2004），頁 35。

132　Roger Chartier 認為 "The significance, or better yet, the historically and socially distinct significations, of a text, whatever they may be, are inseparable from the material conditions and physical forms that make the text available to readers." 見 Roger Chartier, *Forms and Meanings: Texts, Performances, and Audiences from Codex to Computer* (Philadelphia: University of Pennsylvania Press, 1995), p.22.

一方面要追問的是，除了可從比較概略的空間位置來考慮外，這些銘文是如何形塑空間意義的？其中採取了怎麼樣的語文策略，讓山水也可以進入文本參與頌讚？

警戒與物事連結模式

從唐修《晉書》看來，張載〈劍閣銘〉乃用以警戒：「載以蜀人恃險好亂，因著銘以作誡」[133]，寫成之後，「益州刺史張敏見而奇之，乃表上其文，武帝遣使鐫之於劍閣山焉」[134]。另參王隱《晉書》：「刺史張敏表之天子，命刻石於劍閣」[135]，與臧榮緒《晉書》：「益州刺史張敏見而奇之，乃表上其文，世祖遣使鐫石記焉」[136]，都記載曾被實際刊刻。刊刻於山石自有存之永遠與形塑空間意義的企圖，然而對於警戒之用，刊刻的目的又不僅於此。為了達到警戒的效果，刊刻的文字不但必須陳於眼前，刊刻的位置也要考量是否能增加被看見的頻率。談到載體的「接近易見性」，相傳為商湯的〈盤銘〉和周武王踐阼所作几杖諸銘，經常成為論者的例證：

古者盤杅有銘，几杖有誡，俯仰察焉，用無過行[137]

133　（唐）房玄齡：《晉書》（臺北：鼎文書局，1980），卷55〈張載傳〉，頁1516。

134　同前註，頁1517。

135　（東晉）王隱：《晉書》，卷7〈張載傳〉，收入（清）湯球：《九家舊晉書輯本》（北京：中華書局，1985），頁298。

136　（齊）臧榮緒：《晉書》，卷10〈張載傳〉，收入（清）湯球：《九家舊晉書輯本》（北京：中華書局，1985），頁107。

137　（晉）陳壽撰，（南朝宋）裴松之注：《三國志‧魏書》（臺北：鼎文書局，1980），卷27，頁745。

> 古者盤盂有銘，几杖有誡，進退循焉，俯仰觀焉。[138]

> 然人情慎顯而輕昧，忽遠而驚近，是以盤盂有銘，韋弦作佩，況在小人，尤其所惑，或目所不睹，則忽而不戒，日陳于前，則驚心駭矚。[139]

前二則明白指出這些銘文及其銘刻之處，即為不論俯仰、進退都能見到，以時常提醒自己遵循銘文所標舉的行為準則，避免過失。第三則還揭露出警戒性銘文及其載體必須易於接近、目睹的一個心理基礎：如果不夠明顯、距離遙遠，就容易被人輕忽，反之才能製造驚駭，引發重視。韋弦是具體的物件，藉由佩帶身邊來自警[140]。至於〈盤銘〉：「苟日新，日日新，又日新」[141]則是文字，刻於日常使用的沐浴之盤。韋弦、盤盂〈盤銘〉不僅是因其顯近而促成警戒效果，器物與文字的意涵也同時在發揮作用。性急、心緩之人分別選擇喻緩的皮繩和喻急的弓弦[142]。〈盤銘〉從盤的功用切入[143]，叮嚀沐浴者不僅手部要潔新，道德也需日益脩新[144]。前面提及當

138　（隋）姚察：《梁書》（臺北：鼎文，1980），卷41，頁583。

139　（梁）沈約：《宋書》（臺北：鼎文，1980），卷56，頁1561。

140　「西門豹之性急，故佩韋以自緩；董安於之心緩，故佩弦以自急。」見陳奇猷校注：《韓非子》（北京：中華書局，1958），卷8〈觀行〉，頁479。

141　（清）嚴可均校輯：《全上古三代秦漢三國六朝文・全上古三代文》（北京：中華，1999年），頁14。

142　任昉〈王文憲集序〉：「夷雅之體，無待韋弦。」李善注：「韋，皮繩，喻緩也；弦，弓弦，喻急也……言王公平雅之性，無待此韋弦以成也。」見（梁）蕭統編，（唐）李善注：《文選》（上海：上海古籍出版社，1986），卷46，頁2074。

143　段玉裁：「古之盥手者，以匜沃水，以槃承之……《大學》湯之〈盤銘〉曰：『苟日新，日日新，又日新』，正謂刻戒於盥手之承槃，故云日日新也。古者晨必洒手，日日皆然，至於沐浴靧面。則不必日日皆然。」（漢）許慎撰，（清）段玉裁注：《說文解字注》（上海：上海古籍，1981），頁260。

144　鄭玄注：「君子日新其德，常盡心力，不有餘也。」孔疏：「誠使道德日益新也……皆是丁寧之辭也，此謂精誠其意，脩德無已也。」分見（東漢）鄭玄注，（唐）孔穎達疏：《禮記注疏》（臺北：藝文印書館，1965，十三經注疏本），卷60〈大學〉，頁984-1、

代文體學家認為警戒性銘文通常是從某些器物的性質、功用出發，聯想到人事活動，揭示出某種哲理性的寓意，從而起到規勸和警戒的作用——這些銘文嘗試在「物」與「事」之間建立某種聯繫，從周武王諸銘也可以看到如何「因其器名而書以為戒」[145]：

> 見其前，慮爾後。（〈鑑銘〉）

> 與其溺於人也，寧溺於淵，溺於淵猶可游也，溺於人不可救也。（〈盥盤銘〉）

> 惡乎危？於忿㦲。惡乎失道？於嗜慾。惡乎相忘？於富貴。（〈杖銘〉）[146]

〈鑑銘〉以鑑只能照人之前，不能照人之後為喻，隱指不能只看事物現況，也要考慮後來發展。〈盥盤銘〉的譬類關係，不同於商湯〈盤銘〉著眼於潔淨功用，則是在溺於盥盤所承之水——「淵」（深潭）——「人」（小人）之間引生[147]。〈杖銘〉不只從一種功用出發，其中有著更複雜的孳衍：因忿㦲而用杖擊打（或者相反）產生的「危」，泛化為各種忿㦲致危的情況。所失之「道」也從具體的道路（持杖所以安行於道，不持則易

985-2。

145 孔疏：「作器能銘者，謂既作器能為其銘，若栗氏為量，其銘曰：『時文思索，允臻其極。嘉量既成，以觀四國。永啟厥後，茲器維則』是也。《大戴禮》說武王盤盂几杖皆有銘，此其存者也。銘者，名也，所以因其器名而書以為戒也。」見（漢）毛亨傳、鄭玄箋，（唐）孔穎達疏：《毛詩注疏》（臺北：藝文印書館，1965，十三經注疏本），〈國風‧鄘風‧定之方中〉，頁117-1。

146 皆見（漢）戴德撰，高明註譯：《大戴禮記》（臺北：臺灣商務印書館，1984），〈武王踐阼〉，頁227。

147 參趙宇珩的釋讀，見趙宇珩：《上博楚簡‧武王踐阼》研究（高雄：國立中山大學中文所碩士論文，2011），頁203。

失道顛躓），開放向抽象的道（因嗜慾而失正道）。人與杖的「相忘」（富
貴則行路有車輦而免用杖），跨越到因富貴而人與人、人與道之間等等的
相忘[148]。這些顯然必須奠基於生活經驗與知識，而得以在「物」與「事」
之間推論衍生、跨類組合，涉及了兩個或兩個以上的多重經驗域之間的相
互映照，毋寧應置放回自先秦逐步發展而來的「引譬連類」的思維背景
中[149]，銘文的簡約形式依然洩漏其具體而微的運作痕跡，同時此共識體系
也在銘文這個進行一次又一次新舊連結的實驗室裡成形。

從這角度來理解《文心雕龍》給予銘文的定義：「故銘者，名也，觀
器必也正名，審用貴乎盛德」，縱然存在不同版本的差異詮釋[150]，如果「觀
器必也正名，審用貴乎盛德」可以互文見義，也就是說，對器物的觀審目
標是確認與器物名實相副的器用，而最後所欲彰顯的「德」，不論是承前
上文透過警戒所致，或也是啟下句意圖褒讚的，這條陳述揭示了銘文的一
個重要原則與狀態，即「器物──器用──器（人）德」之間是毫無窒礙
的越界貫通。再進一步，劉勰使其成為文體規範與批評標準。當《文心雕

148　各家對「杖」的功能解釋和相關析辨參趙宇珩：《上博楚簡‧武王踐阼》研究，同
　　　前註，頁 163-171。趙宇珩傾向子居的意見，本書亦同，參子居：〈也說上博七《武
　　　王踐阼》之「機」與「杌」〉，清華大學簡帛研究，2015 年 12 月 15 日。http://www.
　　　confucius2000.com/admin/list.asp?id=4584
149　「引譬連類」的觀念，可參考鄭毓瑜的詮釋：「可以說是總括自先秦逐步發展而來的一
　　　套生活知識或者說是已成共識的理解框架，它跨越不同物類、引生彼此應和，時時牽
　　　引著群體或個我的種種身心行動；這個『連類』模式因此不是邏輯論辯的程式，而是
　　　理解活動進行的基本框架，憑藉這個框架，觸動或開啟我們的視野，導引眼前與過去
　　　的深遠的連結，讓身體與世界對談出整體知覺，同時讓傳譯的語言文字如織錦般煥發
　　　顯現。透過這個嫻熟上手的理解框架，我們累積知識，同時也累積身體實踐的體驗，
　　　進而開發洞見；我們愈來愈純熟地進行『想成』、『視如』的概念理解活動，透過會
　　　聚與親附，我們跨越表象差異所形成的類別界線，在不斷越界中去鑽探共存共感的底
　　　層。」見鄭毓瑜：《引譬連類：文學研究的關鍵詞》（臺北：聯經，2012 年），頁 14。
150　可參韓璐：〈《文心雕龍‧銘箴》銘文定義辨疑──從劉氏「論文敘筆」之四部說起〉，
　　　《圖書館理論與實踐》2011 年 4 期，頁 54-57。

龍‧銘箴》論及東漢馮衍的銘文雖然效法周武王，卻「事非其物」[151]，或
許從當時留存的馮衍諸銘來檢驗，的確無法達到物事會通、一體呈現的理
想，或也不排除「物──事」的連結模式無法被後代辨識的可能，在此已
顯出劉勰對銘文書寫「事切其物」的期待，和不乏逸出後設規範的實際創
作情形。

　　黃叔琳《文心雕龍輯注》也站在「事切其物」的原則批評唐代李翱的
銘論，李翱在〈答泗州開元寺僧澄觀書〉說：

> 夫銘，古多有焉，湯之〈盤銘〉，其辭云云，衛孔悝之鼎，其辭云
> 云，秦始皇之〈嶧山碑〉，其辭云云，皆可以紀功伐，垂誡勸。銘
> 於盤則曰〈盤銘〉，於鼎則曰〈鼎銘〉，於山則曰〈山銘〉，盤之辭
> 可遷於鼎，鼎之辭可遷於山，山之辭可遷於碑，唯時之所紀耳。
> 及蔡邕〈黃鉞銘〉，以紀功於黃鉞之上爾。或盤或鼎，或嶧山或黃
> 鉞，其立意與言皆同，非如〈高唐〉〈上林〉〈長楊〉之作賦云爾。
> 近代之文士則不然，為銘為碑，大抵詠其形容，有異於古人之所
> 為。其作鐘銘，則必詠其形容，與其聲音，與其財用之多少，鎔鑄
> 之勤勞爾，非所謂勒功德誡勸於器也。推此類而承觀之，某不知君
> 子之文也亦甚矣，然所為文，亦皆有盛名於時，天下之人咸謂之善
> 焉。[152]

黃叔琳認為「李習之論銘，謂盤之辭可遷於鼎，鼎之辭可遷於山，山之辭
可遷於碑，唯時之所紀而不必專切於是物，其說甚高，然與觀器正名之

151　「至如敬通雜器，準矱武銘，而事非其物，繁略違中。」見（南朝梁）劉勰著，周振甫
　　　注：《文心雕龍注釋》（臺北：里仁，1984），頁 199。

152　（清）童誥等輯：《全唐文》（北京：中華書局，1987）卷 636，頁 6423-1。

義乖矣，但不得直賦是物爾」[153]，即是將觀器正名理解為「事（辭）切其物」，且作為銘文書寫的原則[154]。仔細檢視〈答泗州開元寺僧澄觀書〉的說法，或許是為了批評題詠性銘文的「作賦」傾向有違傳統的頌讚警戒，而輕忽「物──事」之間可能存在的連結，將銘文與載體的關係單純化了。黃叔琳雖然主張「事（辭）切其物」，但不表示可以「直賦是物」，隱然也不贊同這個其實從六朝就逐漸增加，亦被劉勰略而不論的題詠趨勢。馮衍所代表的「事非其物」與李翱的銘辭獨立於載體之論，可說所看重的已非載體相關的譬喻系統，好讓人從比較熟悉的經驗與知識（來源域）去理解一個較難理解的類別（目標域）[155]，而往載體的其他功能與性質，例如承載、接近易見性或不朽性等等靠攏。

唐前警戒性山／水銘文除了西晉張載〈劍閣銘〉之外，尚見東漢〈張休崖涘銘〉、劉宋鮑照〈石帆銘〉，劉宋末伏曼容〈貪泉銘〉只存題目[156]。〈張休崖涘銘〉自稱也「刊銘崖涘」；《中國歷代石刻拓本匯編》收〈石帆銘〉拓本，拓本末稱南朝宋元嘉十七年（440 年）三月十六日造，出土地

---

153 （梁）劉勰撰，（清）黃叔琳注，紀昀評：《文心雕龍輯注》（北京：中華書局，1957）卷 3〈銘箴〉，頁 114。

154 從黃叔琳的言論看來，「事（辭）切其物」並未特別區辨是針對褒讚或警戒性銘文，只是銘文書寫的一般原則。劉勰的說法，若從馮衍所模仿的周武王諸銘推敲，則比較可能是指警戒性銘文。當然，頌讚性銘文與其載體之間也時常存在某種聯繫，如第一章所論。本章無意將「事切其物」用以專指警戒性銘文的書寫模式，而是試圖指出警戒性銘文中不同於褒讚性銘文的「物──事」譬類關係，以及在警戒性山／水銘文中的承變。

155 從認知語言學的角度來看，譬喻不再只被視為修辭學的一種修辭類型，而是「以一個經驗域的形態格局去理解並建構另一截然不同經驗域的思維方式」。一般以較熟悉、較具體的概念域裡的範疇映射到較不熟悉、抽象的、不好掌握的概念域裡的範疇以便理解後者。參見雷可夫（George Lakoff）、詹森（Mark Johnson）著，周世箴譯注：《我們賴以生存的譬喻》（臺北：聯經，2006），導讀頁 67-68。

156 「昇明末，為輔國長史、南海太守，至石門作貪泉銘。」見（唐）李延壽：《南史》（臺北市：鼎文書局，1981），卷 71，頁 1731。

點不詳[157]，此外無其他史料佐證〈石帆銘〉曾經入石；〈貪泉銘〉亦無刊刻的證明。銘文最初或許有實際銘刻的行為，題刻處往往等同銘文題目，發展到後來，逐漸有書而不刻的情形[158]，從魏晉以來出現像傅玄〈靈蛇銘〉、〈龍銘〉，成公綏〈菊銘〉、〈椒華銘〉，嵇含〈菊花銘〉，蕭子良〈眼銘〉、〈耳銘〉、〈口銘〉，王叔之〈蘭菊銘〉[159]等等，這些動植物或人體器官均非題刻處，鮑照曾作〈飛白書勢銘〉，乃以書法的技法為題，可以說銘文是否刊刻已非必要[160]。

　　此章將〈劍閣銘〉、〈張休崖涘銘〉、〈石帆銘〉置於警戒性銘文的傳統來討論，除了刊刻的層面，尤其關注「物──事」關係的議題，一方面可突顯銘文體類的特色，也可發掘山水如何參與警戒。

題詠與中心分異的連類書寫

　　現代分類下的題詠性銘文，若更精準一點說，近似的是那些不含寄託的詠物詩：以一具體的物為吟詠對象（「一物命題」[161]），數種表現方法

157　北京圖書館金石組編：《北京圖書館藏中國歷代石刻拓本匯編》（鄭州市：中州古籍社出版，1989），冊2，頁128。

158　陳必祥：《古代散文文體概論》（臺北：文史哲，1987），頁179。

159　分見（清）嚴可均校輯：《全上古三代秦漢三國六朝文》（北京：中華，1999），頁1726、1726、1798、1798、1831、2829、2829、2830、2747。

160　銘文逐漸書而不刻的現象，也許可以另文探討。題詠性銘文主要以（器）物外形、功用為書寫焦點，刊刻需求不大，比較容易推想其不刻的原因。褒讚性銘文之所以不刻，可能是「不朽」觀念的變遷，歷史記憶的載體漸由鼎銘豐碑轉到立德、立言、立功的「口碑」，不朽觀的變遷可參楊儒賓：〈刑─法、冶煉與不朽：金的原型象徵〉，《清華學報》新38卷第4期（2008年12月），頁705。至於警戒性銘文，是否因為隨著紙張閱讀的普及，比起刻於（器）物更易於惕勵？或受到題詠趨勢、不朽觀的轉變，也隨之走向書面化？尚待更多資料加以論證。

161　俞琰《詠物詩選·序》曰：「詩感于物而其體物者，不可以不工；狀物者，不可以不

相互為用——鋪陳物的形狀、本質、動態，描寫物的用途或作用，以及
描寫有關的時地或環境對照——以充分表達物性——物的內在、外在特
質[162]。值得考慮在南朝詠物詩流行以前，詠物文學的版圖可能是由兩漢魏
晉盛行的詠物賦，與東漢初開始加入的題詠性銘文所構成，但這些銘文在
許多方面不應該高估其意義。

　李尤現存作品中，〈函谷關賦〉、〈辟雍賦〉、〈德陽殿賦〉、〈平樂觀
賦〉、〈東觀賦〉皆有同題之銘文，概括了賦的主旨。由於材料限制，不知
道許多像〈明堂銘〉、〈太學銘〉、〈永安宮銘〉、〈雲臺銘〉等等是否也曾
有同題賦作[163]。從李尤於和帝時「召詣東觀，受詔作賦」[164]、「召作〈東
觀〉、〈辟雍〉、〈德陽〉諸觀賦銘」[165]的記載判斷，賦、銘似是一起作的，

切。于是，有詠物一體，以寫物之情，盡物之態，而詩學之要，莫先於詠物矣。古之
詠物，其見于經；則灼灼寫桃花之鮮，依依極楊柳之貌，杲杲為出日之容，淒淒擬雨
雪之狀。此詠物之祖也，而其體猶未全，至六朝而始以一物命題。」見（清）俞琰：《詠
物詩選》（成都：成都古籍書店，1984），頁 2。

162　這裏綜合洪順隆與楊宿珍的說法。洪順隆歸納出四種可交叉拼取的吟詠角度：A、鋪陳
物的形狀、本質、動態，B、描寫物的用途或作用，C、描寫與所詠對象有關的時、地
及其他，D、抒情：寫物心或配寫人心。見洪順隆：〈六朝詠物詩研究〉，《六朝詩論》
（臺北：文津，1985），頁 35。楊宿珍認為「所謂詠物，不論是體物、狀物或藉物抒
懷，都必須充分表達物性——物的內在、外在特質。」見楊宿珍：〈詠物詩的特質及歷
史演變〉，收入蔡英俊編：《意象的流變》，中國文化新論文學篇（二）（臺北：聯經，
1989），頁 388。

163　〈函谷關賦〉、〈辟雍賦〉、〈德陽殿賦〉、〈平樂觀賦〉、〈東觀賦〉、〈函谷關銘〉、〈明
堂銘〉、〈太學銘〉、〈辟雍銘〉、〈東觀銘〉、〈永安宮銘〉、〈雲臺銘〉、〈德陽殿銘〉、〈平
樂館銘〉，見（清）嚴可均校輯：《全上古三代秦漢三國六朝文》（北京：中華，1999
年），頁 746-748。

164　「李尤字伯仁，廣漢雒人也。少以文章顯。和帝時，侍中賈逵薦尤有相如、揚雄之
風，召詣東觀，受詔作賦，拜蘭台令史。」見（劉宋）范曄撰，（唐）李賢等注，（晉）
司馬彪補志：《後漢書》（臺北：鼎文，1981），卷 80 上〈文苑列傳第七十上〉，頁
2616。

165　「侍中賈逵薦尤有相如、揚雄之才。明帝時召作〈東觀〉、〈辟雍〉、〈德陽〉諸觀賦
銘。」（晉）常璩撰，任乃強校注：《華陽國志校補圖注》（上海：上海古籍出版社，
1987），卷 10 中，頁 564。

顯示賦與銘曾有的緊密關係。這有沒有可能賦是用以誦詠的，銘是為了銘刻而製作的簡短版本呢？如果假設成立，儘管受詔之作也可藉以展現才學，然而像〈函谷關銘〉、〈辟雍銘〉、〈德陽殿銘〉、〈平樂觀銘〉、〈東觀銘〉之類的銘文，便未必有多麼重大的獨立性和獨創性，也不太能代表物獲得了多少獨立審美的價值，它們展現的是猶如賦末「亂」的總理能力，是相對於賦的一種簡約地詠物的技巧。

再進一步析辨，其實題詠性山／水銘文與詠物詩之間，既無法全然等同，也無法一刀分割。這一章試圖指出的其中一種題詠性山／水銘文，就如一般談到晉宋以來的山水文學，以寓目身觀參與山水的審美觀照，以「形似」手法呈現山水的本來面目，劉玉珺將之追溯到孫綽的〈太平山銘〉[166]，但也許還可上探李尤〈鴻池陂銘〉，這類還包括湛方生〈靈秀山銘〉和蕭綱〈行雨山銘〉、〈明月山銘〉、〈秀林山銘並序〉等，基於身體行動的遊觀，以身體經驗為中心的連類書寫，就有別於詠物之作「統一在一個具體意象之內……以單一的具體物作為焦點」的模式[167]。不過，另有一種題詠性山／水銘文如鄭道昭〈天柱山銘〉[168]、蕭譽〈羅浮山銘〉，與庾信、蕭繹的東宮小山諸銘，便和詠物的模式雷同，可說是以一座山或山名為中心連類事物，使用大量的典故成辭來「說明」一座山，甚至突破經

166 劉玉珺：《先唐銘文研究》（桂林：廣西師範大學中國古代文學碩士論文，2002），頁15。
167 陳昌明：〈遊於物——論六朝詠物詩之「觀象」特質〉，《中外文學》第15卷5期（1986年10月），頁139。
168 嚴可均將〈天柱山銘〉從《天下名勝志》收錄至其《全上古三代秦漢三國六朝文》，見（清）嚴可均校輯：《全上古三代秦漢三國六朝文》（北京：中華，1999年），頁3712。因石刻拓本首句為「天柱山上東堪石室銘」，所以又常被稱為〈東堪石室銘〉，見北京圖書館金石組編：《北京圖書館藏中國歷代石刻拓本匯編》（鄭州市：中州古籍社出版，1989），冊2，頁179。〈東堪石室銘〉的題目著眼於銘刻的精確位置，〈天柱山銘〉或許可籠統代表所刊刻之山，也可能是對銘文內容的總括。不同的題目顯然代表對銘文有不同的詮釋。

驗世界，營造想像空間[169]。這兩種題詠性山／水銘文將分節探討，希望呈
現所深植的相關文化背景，如何影響兩種書寫方式的產生，經過細讀分析
後，最後將山／水銘文放在山水文學的脈絡中進行跨文類的比較，冀使彼
此的特性和越界的情況顯明出來。

169　例如曹明綱認為庾信〈後堂望美人山銘〉：「文中所謂『五婦』、『三侯』、『險迤』、『危
　　陵』，不過是因山而及的想像與誇張。而篇首『高唐』、『洛浦』和篇末『織女』，也是
　　就『美人』而生發，以虛化實。」又評〈行雨山銘〉：「與蕭綱的銘文多寫實形容不同，
　　庾信此作從山名『行雨』兩字生發，引凡入神，將景與人融合在一起描寫，故顯得筆
　　意輕靈、情思流動，別具一格。」見（清）許槤選，曹明綱撰：《六朝文絜譯注》（上
　　海：上海古籍，1999），頁 229、232。

第一章

褒讚：空間意義的形塑

皇權的動態擴張

班固〈封燕然山銘並序〉的許多特徵，在更早的李斯刻石文已可看出端倪。〈封燕然山銘並序〉曰：

惟永元元年秋七月，有漢元舅曰車騎將軍竇憲，寅亮聖明，登翼王室，納于大麓，惟清緝熙。乃與執金吾耿秉，述職巡御，理兵於朔方。鷹揚之校，螭虎之士，爰該六師，暨南單于、東烏桓、西戎氏羌侯王君長之羣，驍騎三萬。元戎輕武，長轂四分，雲輜蔽路，萬有三千餘乘。勒以八陣，蒞以威神，玄甲耀日，朱旗絳天。遂陵高闕，下雞鹿，經磧鹵，絕大漠，斬溫禺以釁鼓，血尸逐以染鍔。然後四校橫徂，星流彗埽，蕭條萬里，野無遺寇。於是域滅區單，反斾而旋，考傳驗圖，窮覽其山川。遂踰涿邪，跨安侯，乘燕然，躡冒頓之區落，焚老上之龍庭。上以攄高、文之宿憤，光祖宗之玄

靈；下以安固後嗣，恢拓境宇，振大漢之天聲。茲所謂一勞而久逸，暫費而永寧者也。乃遂封山刊石，昭銘上德。其辭曰：鑠王師兮征荒裔，勦凶虐兮截海外，夐其邈兮亙地界，封神丘兮建隆碣，熙帝載兮振萬世。[1]

東漢和帝永元元年（89A.D.），竇憲、耿秉率領漢軍與邊族聯軍戰勝北匈奴，班固任「中護軍，與參議」[2]，親身參與了這場戰爭，〈封燕然山銘並序〉自述在勝利後封燕然山、立石刻銘是為了「昭銘上德」、「熙帝載兮振萬世」，《後漢書》的說法也類似：「憲、秉遂登燕然山，去塞三千餘里，刻石勒功，紀漢威德，令班固作銘」[3]。而班固針對同一事件所寫的〈竇將軍北征頌〉，重心在於稱頌竇憲，〈封燕然山銘〉雖然也以頌讚主帥竇憲起始，整體來說還是將勝利歸於國家和皇帝，並且選擇在山上立石作為載體，明顯是希望擴張這些紀錄、讚美的傳播範圍與時間（「熙帝載兮振萬世」）。作銘以稱頌軍事成就且欲傳其「功」「德」於廣久，很容易想到《左傳》襄公十九年臧武仲對季武子所言：「夫銘，天子令德，諸侯言時計功，大夫稱伐。……大伐小，取其所得以作彝器，銘其功烈以示子孫，昭明德而懲無禮也」[4]，這段文字將春秋以前逐漸累積而成的這種傳統、規範加以總結，只是到了班固此時，封建禮樂文化已遷，載體為石而非金。秦始皇巡行帝國途中在嶧山、泰山、琅邪臺、之罘、東觀、碣石、會稽，留下七篇由李斯撰寫的刻石文，便已展現透過銘刻山石，將「功」「德」頌傳久遠的企圖，例如：

1　（劉宋）范曄撰，（唐）李賢等注，（晉）司馬彪補志：《後漢書》（臺北：鼎文，1981），卷23〈竇融列傳〉，頁815-817。

2　同前註，卷40下〈班彪列傳〉，頁1385。

3　同前註，卷23〈竇融列傳〉，頁814。

4　（晉）杜預注，（唐）孔穎達疏：《左傳注疏》（臺北：藝文印書館，1965，十三經注疏本），〈襄公十九年〉，頁585-2。

群臣誦略，刻此樂石，以著經紀。[5]

從臣思迹，本原事業，祗誦功德。[6]

皇帝之功，勤勞本事……皇帝之德，存定四極。[7]

從臣嘉觀，原念休烈，追誦本始……群臣誦功，請刻于石，表垂於常式。[8]

皇帝明德，經理宇內，視聽不怠……群臣嘉德，祗誦聖烈，請刻之罘。[9]

群臣誦烈，請刻此石，垂著儀矩。[10]

皇帝休烈，平壹宇內，德惠攸長……群臣誦功，本原事跡，追道高明……聖德廣密，六合之中，被澤無彊……從臣誦烈，請刻此石，光垂休銘。[11]

雖然秦始皇出巡不乏遊玩、享樂、求仙的因素，主要還是「以示強，威服海內」[12]，藉此鞏固並確定政治權威。這些刻石文基本上譴責了諸侯分裂戰爭帶給人們災難和不幸，宣揚秦始皇發動統一戰爭的正義性，歌頌統一

5　〈繹山刻石〉，見吳福助：《秦始皇刻石考》（臺北：文史哲，1994），頁 15。

6　〈泰山刻石〉，同前註，頁 27。

7　〈琅邪臺刻石〉，同前註，頁 37-38。

8　〈之罘刻石〉，同前註，頁 47-48。

9　〈東觀刻石〉，同前註，頁 48-49。

10　〈碣石刻石〉，同前註，頁 53。

11　〈會稽刻石〉，同前註，頁 61-62。

12　（漢）司馬遷撰，（劉宋）裴駰集解，（唐）司馬貞索隱，（唐）張守節正義：《史記》（臺北：鼎文書局，1981），卷 6〈秦始皇本紀〉，頁 266。

後所帶來的社會安定，並且倡導「以法治國」，以及廢封建，置郡縣，統一制度、法律、文字、度量衡，整頓民俗等等一系列維護新政權的各項措施[13]，希望透過刻石將秦始皇的功德事蹟和其建立的準則流傳下去。秦始皇刻石所頌包含戰爭的結果與戰後統一的施政，班固〈封燕然山銘並序〉則僅限於戰爭，而理解後者還需考量一個密切相關的背景，即「封」（禪）的儀式。

秦始皇七篇刻石中，〈泰山刻石〉也與封禪有關，《史記》曰：「二十八年，始皇東行郡縣，上鄒嶧山。立石，與魯諸儒生議，刻石頌秦德，議封禪望祭山川之事。乃遂上泰山，立石，封，祠祀。下，風雨暴至，休於樹下，因封其樹為五大夫。禪梁父。刻所立石，其辭曰」[14]，以下即載〈泰山刻石〉文。〈泰山刻石〉雖然未寫封禪之事，內容與其他六篇刻石文十分近似，皆為「頌秦德」，即《文心·頌讚》所謂「秦政刻文，爰頌其德」[15]，但同時也成為封禪文發展中的典範，《文心·封禪》說：「秦皇銘岱，文自李斯；法家辭氣，體乏弘潤。然疏而能壯，亦彼時之絕采也」[16]，與《文心·封禪》後來提到的漢武帝〈泰山刻石文〉、張純為漢光武帝作的〈泰山刻石文〉等等封禪文同一機杼，都屬「經道緯德，以勒皇跡……封勒帝績，對越天休」[17]一類。劉勰亦把秦始皇刻石放在銘文的發展脈絡裡討論（「始皇勒岳，政暴而文澤，亦有疏通之美焉」[18]），顯示出相同文本可以在相異的情境裡，被類分為有別的文體。

13　〈繹山刻石〉，見吳福助：《秦始皇刻石考》（臺北：文史哲，1994），頁2。

14　（漢）司馬遷撰，（劉宋）裴駰集解，（唐）司馬貞索隱，（唐）張守節正義：《史記》（臺北：鼎文書局，1981），卷6〈秦始皇本紀〉，頁242。

15　（南朝梁）劉勰著，周振甫注：《文心雕龍注釋》（臺北：里仁，1984），頁161。

16　同前註，頁409。

17　同前註，頁409-410。

18　同前註，頁199。

　　班固在〈封燕然山銘並序〉書寫了「封」事，在〈竇將軍北征頌〉有「封燕然以降高，禪廣鞮以弘曠」[19]之句，似乎除了「封」燕然山，另外還「禪」於「廣鞮」，然而沒有更多資料可以佐證。最為近似的前例也許是西漢武帝元狩四年（119B.C.），霍去病伐匈奴獲勝，「封狼居胥山，禪於姑衍，登臨翰海」[20]而還，顏師古注：「登山祭天，築土為封，刻石紀事，以彰漢功」[21]，同樣結合了封山和刻石，惟現在已不見其刻石文字，對於這類在征伐捷勝最後進行封禪的儀式亦不甚詳。雖然推測霍去病與竇憲所為，在等級、規模上無法與天子封禪相比，不過應有告天地以成的共同意蘊[22]。在邊族境內進行封（禪）的儀式，應也可說是在宣示天授合法的皇權臨及此地。

　　統而言之，在燕然山上封山刻石，不妨可以理解為藉由儀式、物質、文字以塑造空間意義的行動。儀式層面既如前述，在物質層面上，封山的土堆與刊刻的碣石必然改變了地景，以可看、可觸之物將記憶安置、公共化[23]。Martin Kern 曾指出商周青銅器銘文所書寫的不是曾經發生了什麼，而是什麼被記得[24]，從這個角度來說，〈封燕然山銘〉乃至於其他銘文似乎都不免有所剪裁隱揚，影響空間意義的形塑。我們可以將銘文與史書

19　（清）嚴可均校輯：《全上古三代秦漢三國六朝文》（北京：中華書局，1999），頁612-2。
20　（漢）班固撰，（唐）顏師古注：《漢書》（臺北市：鼎文書局，1986），卷55〈衛青霍去病傳〉，頁2486。
21　同前註，卷6，頁178。
22　參何平立：《巡狩與封禪：封建政治的文化軌迹》（濟南：齊魯書社，2003），頁174。
23　Tim Cresswell 指出：「建構記憶的主要方式之一，就是透過地方的生產。紀念物……碑銘……都是將記憶安置於地方的例子。地方的物質性，意味了記憶並非聽任心理過程的反覆無常，而是銘記於地景中，成為公共記憶。」見 Tim Cresswell 著，徐苔玲、王志弘譯：《地方：記憶、想像與認同》（臺北：群學，2006），頁138。
24　"they recorded not what had happened but what was to be remembered"，見 Kang-i Sun Chang and Stephen Owen, eds., *The Cambridge History of Chinese Literature*, (New York: Cambridge University Press, 2010), p.13.

的記載做些對照，例如銘文形容竇憲「寅亮聖明，登翼王室，納于大麓，惟清緝熙」，從其典故推敲，呈顯出竇憲作為良輔的一面，隱隱指向輔佐周成王三公的三孤[25]、德合天地能治天下的舜[26]、有征伐之法使天下清明無敗亂之政的周文王[27]，而可見於《後漢書》的出兵緣由之一是不被提及的——竇憲因殺齊殤王子都鄉侯暢之罪懼誅，自求擊匈奴以贖死[28]。這次出兵也因南單于上書請求北伐，但在竇太后決策過程中不乏有人詢問出兵目的，與提出反對意見，如資源濫用或不合算、部隊遠鄉艱苦、北匈奴甫被鮮卑打敗因此出兵並不正當、不應該用公眾生命去滿足一個人（竇憲）的願望、邊族失去互相牽制關係將使鮮卑成為新的邊患等等[29]，而銘文中只能看到對於勝戰的評價。班固稱這場戰役一舒高祖被匈奴圍於平城、文帝時北都尉被殺的舊怨（「上以攄高、文之宿憤」）[30]，獲致將來的安固、

25　《尚書》：「立太師、太傅、太保，茲惟三公。論道經邦，變理陰陽。官不必備，惟其人。少師、少傅、少保，曰三孤。貳公弘化，寅亮天地，弼予一人。」見（漢）孔安國傳，（唐）孔穎達疏：《尚書注疏》（臺北：藝文印書館，1965，十三經注疏本），卷18〈周書·周官〉，頁 270-1、270-2。

26　《尚書》：「納于大麓，烈風雷雨弗迷」，孔注：「納舜使大錄萬機之政，陰陽和，風雨時，各以其節，不有迷錯愆伏。明舜之德合於天。」同前註，卷3〈虞書·舜典〉，頁 34-2。

27　《詩經》：「維清緝熙，文王之典」箋云：「緝熙，光明也。天下之所以無敗亂之政而清明者，乃文王有征伐之法故也。」見（漢）毛亨傳，鄭玄箋，（唐）孔穎達疏：《毛詩注疏》（臺北：藝文印書館，1965，十三經注疏本），卷19〈周頌·清廟之什·維清〉，頁 710-1。

28　（劉宋）范曄撰，（唐）李賢等注，（晉）司馬彪補志：《後漢書》（臺北：鼎文，1981），卷23〈竇融列傳〉，頁 813-814。

29　參 Denis Twitchett、Michael Loewe 編，楊品泉、陳高華、張書生譯：《劍橋中國秦漢史（公元前 221 至公元 220 年）》（北京：中國社會科學，1992），頁 275-276。黃金言、邵鴻、盧星、趙明：《中國軍事通史第六卷·東漢軍事史》（北京：軍事科學出版社，1998），頁 245-246。

30　「上以攄高文之宿憤，光祖宗之玄靈」，李善注：「祖，高祖也。宗，太宗文帝也。《史記》曰：高祖自將擊韓王信，遂至平城，為匈奴所圍七日。又《文紀》曰：匈奴攻朝那塞，殺北都尉。」見（梁）蕭統編，（唐）李善注：《文選》（上海：上海古籍出版社，1986），卷56，頁 2406。

擴張國境以及提振國威，曹勝高認為「一勞而久逸，暫費而永寧」便有為此戰正當性辯護之意[31]。如果從後代觀之，此戰對國家之平靖應有一定的影響，因為接續永元二年（90A.D.）的作戰，與永元三年（91A.D.）最後的金微山之役，北匈奴就退出漠北，氣數已盡[32]。然而也有學者認為北匈奴的滅亡與人力外逃、非漢族的各方攻擊息息相關，不能完全歸因於漢朝軍事優勢[33]，甚或認為章和之際漢匈邊境十分安定，與此戰關係不大，而高、文的陰影早已被武帝後諸多勝利掩蓋[34]。這裡並非要判斷銘文是否合乎「史實」或探討此戰在歷史、道德上的評價，而是希望可以顯出這是一種班固（或命其作銘的竇憲）觀點的論述，這樣的稱頌文字將會影響記憶、空間意義的塑造。再從《藝文類聚》、《太平御覽》燕然山條下的勝負並列，或許可以推想另一個同樣發生於燕然山，需要較勁的記憶——透過銘文書寫、封（禪）的儀式和物質實跡，對抗漢武帝征和三年（90B.C.）李廣利投降，漢軍全軍覆沒，武帝與匈奴交戰以來最慘痛的一次失敗[35]。

相應於「封」的皇權宣示，銘文亦透過「恢拓境宇」、「勦凶虐兮截海外」、「夐其邈兮亙地界」等文字表明我方的國境擴張至此，所謂「截」，整齊也[36]，除了使燕然山和征伐所經路線納入國家權力範圍，還帶來秩序

31　曹勝高：《漢賦與漢代制度——以都城、校獵、禮儀為例》（北京：北京大學，2006），頁 235。

32　參黃金言、邵鴻、盧星、趙明：《中國軍事通史第六卷‧東漢軍事史》（北京：軍事科學出版社，1998），頁 246-250。李英：《中國戰爭通鑒》（北京：國際文化，1994），頁 230-231。

33　參 Denis Twitchett、Michael Loewe 編，楊品泉、陳高華、張書生譯：《劍橋中國秦漢史（公元前 221 至公元 220 年）》（北京：中國社會科學，1992），頁 383-385。

34　孫亭玉：〈論班固的銘〉，《文學遺產》，2008 年第 4 期，頁 121。

35　（唐）歐陽詢：《藝文類聚》（上海：上海古籍，2007），卷 7，頁 139。（宋）李昉編：《太平御覽》（石家莊：河北教育，1994），卷 50，頁 456。征和三年的戰役始末可參李英：《中國戰爭通鑒》（北京：國際文化，1994），頁 230-231。

36　李善引《詩經‧商頌‧長發》「相土烈烈，海外有截」為注，見（梁）蕭統編，（唐）李善注：《文選》（上海：上海古籍出版社，1986），卷 56，頁 2406。鄭箋「海外有截」：

的轉變：這個空間（對於自我而言）不再是屬於他者（「寇」、「荒裔」、「凶虐」）的混亂，而有了符合自我（「王師」、「大漢」、「上德」）的秩序，更確切一點說，當「封山刊石，昭銘上德」，在皇權範圍內這裡也是有「德」的所在[37]。這些寫法在秦始皇刻石文已有端倪，僅舉〈會稽刻石〉為例：

> 皇帝休烈，平壹宇內，德惠攸長……六王專倍，貪戾慠猛，率眾自強。暴虐恣行，負力而驕，數動甲兵……義威誅之，殄熄暴悖，亂賊滅亡。聖德廣密，六合之中，被澤無疆……大治濯俗，天下承風，蒙被休經。皆遵軌度，和安敦勉，莫不順令。[38]

可以看到六國被「惡化」，而秦始皇是正義的平亂者，統一了天下並帶來德惠和施政下的秩序。然而班固特別的地方是，他正處於「中國人」的異族意象與自我意象形成的關鍵時代，〈封燕然山銘並序〉就實際參與了這個過程，銘文中對匈奴的描述與評價顯示華夏對非華夏的一種詮釋，以「哪些不是中國人」來定義「誰是中國人」，「德」恰好點出在漢人眼中漢匈之間除經濟生態外最主要的差別[39]。

不論是權力、秩序或「德」的範圍擴張，關於空間意義的形塑、關於

「截，整齊也。」見（漢）毛亨傳，鄭玄箋，（唐）孔穎達疏：《毛詩注疏》（臺北：藝文印書館，1965，十三經注疏本），卷20〈商頌・長發〉，頁801-2。

37 文選作「昭銘盛德」，見（梁）蕭統編，（唐）李善注：《文選》（上海：上海古籍出版社，1986），卷56，頁2406。後漢書作「昭銘上德」，唐人注解此句時，將之與老子的「德」觀聯繫起來：「上猶至也。老子曰：『上德不德，是以有德。』」見（劉宋）范曄撰，（唐）李賢等注，（晉）司馬彪補志：《後漢書》（臺北：鼎文，1981），卷23〈竇融列傳〉，頁813-814。

38 吳福助：《秦始皇刻石考》（臺北：文史哲，1994），頁61-62。

39 關於漢人眼中的漢匈差別，可參王明珂：《華夏邊緣：歷史記憶與族群認同》（臺北：允晨文化，2005），頁185-188。

稱頌，班固不是以一種靜態、單單運用特定詞語的方式達成，事實上，銘文試圖勾勒事件的始末，包含出征時間、陣容、經過、評價與最後的封山刻石，毋寧表現一個動態的過程，而文章體式在此也有關鍵作用。不少學者指認〈封燕然山銘並序〉的長序是運用賦體的鋪陳，末尾的短銘則如〈九歌〉的騷體[40]，若從文章整體的角度來看，後者也許可以視為賦末總結的亂辭。我們可以試問，在這個還不那麼嚴明分別文體、頌贊銘箴與賦都有可能混同的時期[41]，〈封燕然山銘〉這種顯揚軍力、權力的書寫，會不會吸收、轉化了什麼賦作的成分？或許最接近的便是大賦中田獵、校獵的部分。兩漢校獵制度本有訓練軍隊、展現國力的作用，東漢以後更注重於禮儀的完成。根據漢賦與有關史料記載，漢代校獵有一個準備、出行、檢閱、殺獲、飲宴和遊玩的程序[42]，枚乘〈七發〉「校獵之至壯」一段固然是吳客提出七項趨向極至描述的療方之一，但也奠下賦作中田獵、校獵的書寫基礎，「至壯」的軍隊陣容、行進和獵殺的場面描寫都可於後來的賦作中看到，如〈天子游獵賦〉、揚雄〈羽獵賦〉與〈長楊賦〉、傅毅〈洛都賦〉、班固〈西都賦〉與〈東都賦〉等等。更重要的，像司馬相如〈天子游獵賦〉與揚雄〈羽獵賦〉的書寫，強調捕獵所在的苑囿圖象更甚於捕獵馳射的過程，換句話說，是一種「擁有」而非「追求」的意象，遊獵的苑囿實則展示著天子所坐擁的帝國與權力[43]。以下比較〈天子游獵賦〉、〈長楊賦〉、〈封燕然山銘並序〉關於軍隊陣容、行進獵殺的段落：

40　如孫亭玉：〈論班固的銘〉，《文學遺產》2008 年第 4 期，頁 121-122。又如康達維（David R. Knechtges）在《劍橋中國文學史》中指出，見孫康宜、宇文所安編，劉倩等譯：《劍橋中國文學史・上卷・第二章》（北京：生活・讀書・新知三聯書店，2013），頁 171。

41　參萬光治：《漢賦通論》（北京：中國社會科學，2004），頁 101-115。

42　參曹勝高：《漢賦與漢代制度——以都城、校獵、禮儀為例》（北京：北京大學，2006），頁 140-148。

43　參葉常泓：〈皇宇圖象的張縮與權力倫理的轉向——對兩漢至建安田獵賦異動之政治性解讀〉，《輔大中研所學刊》第 21 期（2009 年 4 月），頁 160。

乘鏤象，六玉虬，拖蜺旌，靡雲旗，前皮軒，後道游；孫叔奉轡，
衞公驂乘，扈從橫行，出乎四校之中。鼓嚴簿，縱獠者，江河為
阹，泰山為櫓，車騎靁起，隱天動地，先後陸離，離散別追，淫淫
裔裔，緣陵流澤，雲布雨施。生貔豹，搏豺狼，手熊羆，足野羊，
蒙鶡蘇，絝白虎，被豳文，跨野馬。陵三嵕之危，下磧歷之坻；俓
陵赴險，越壑厲水。推蜚廉，弄解豸，格瑕蛤，鋋猛氏，胃騕褭，
射封豕。箭不苟害，解脰陷腦；弓不虛發，應聲而倒。於是乎乘輿
弭節裴回，翱翔往來，睨部曲之進退，覽將率之變態。然後浸潭促
節，儵敻遠去，流離輕禽，蹵履狡獸，轊白鹿，捷狡兔，軼赤電，
遺光耀，追怪物，出宇宙，彎繁弱，滿白羽，射游梟，櫟蜚虡，擇
肉後發，先中命處，弦矢分，藝殪仆。然後揚節而上浮，陵驚風，
歷駭飇，乘虛無，與神俱，轔玄鶴，亂昆雞。道孔鸞，促鵔鸃，拂
鷖鳥，捎鳳皇，捷鴛鶵，掩焦明。道盡塗殫，迴車而還。招搖乎襄
羊，降集乎北紘，率乎直指，闇乎反鄉。蹷石〔關〕〔關〕，歷封
巒，過鳷鵲，望露寒，下棠梨，息宜春，西馳宣曲，濯鷁牛首，登
龍臺，掩細柳，觀士大夫之勤略，鈞獠者之所得獲。徒車之所轔
轢，乘騎之所蹂若，人民之所蹈躪，與其窮極倦䘏，驚憚慴伏，不
被創刃而死者，佗佗籍籍，填阬滿谷，揜平彌澤。[44]

於是聖武勃怒，爰整其旅，乃命票、衞，汾沄沸渭，雲合電發，焱
騰波流，䐑駭蠭軼，疾如奔星，擊如震霆，砰轠輣，破穹廬，腦
沙幕，髓余吾。遂獵乎王延。敺㡓佗，燒燇蠡，分梨單于，磔裂屬
國，夷阬谷，拔鹵莽，刊山石，蹂屍輿廝，係累老弱，兗鋌瘲者、
金鏃淫夷者數十萬人，皆稽顙樹頜，扶服蛾伏[45]

44 （漢）司馬遷撰，（劉宋）裴駰集解，（唐）司馬貞索隱，（唐）張守節正義：《史記》（臺
北：鼎文書局，1981），卷 117〈司馬相如列傳〉，頁 3033-3037。

45 （漢）班固撰，（唐）顏師古注：《漢書》（臺北市：鼎文書局，1986），卷 87 下〈揚

元戎輕武，長轂四分，雲輶蔽路，萬有三千餘乘。勒以八陣，莅以威神，玄甲耀日，朱旗絳天。遂陵高闕，下雞鹿，經磧鹵，絕大漠，斬溫禺以釁鼓，血尸逐以染鍔。然後四校橫徂，星流彗掃，蕭條萬里，野無遺寇。於是域滅區單，反斾而旋，考傳驗圖，窮覽其山川。遂踰涿邪，跨安侯，乘燕然，躡冒頓之區落，焚老上之龍庭。[46]

揚雄〈長楊賦〉的部分主要也在描寫校獵和進行諷諫，不過是為了肯定校獵的備戰作用而寫到漢武帝遣霍去病、衛青大破匈奴，與〈封燕然山銘並序〉一樣在寫戰爭場面，但兩者對軍隊陣容和行進征伐的描寫，與〈天子游獵賦〉的用詞、句構、節奏十分雷同，都企圖展現一種「壯」感，惟相對而言較為簡約，所「獵」的對象不是各種禽獸而是異族敵軍。〈天子游獵賦〉可見許多獵殺動作和獵殺對象的類聚，而〈封燕然山銘並序〉——似乎比〈長楊賦〉更——傾向「戰情省略（ellipsis of battle）」的傳統[47]，「斬溫禺以釁鼓，血尸逐以染鍔」與「躡冒頓之區落，焚老上之龍庭」勉強算是交戰場面，〈封燕然山銘並序〉顯然偏重於著墨軍伍的快速移動，讓我們看到快速通過一個又一個場景——如高闕、雞鹿、磧鹵、大漠、涿邪、安侯、燕然等等——這應該就是最重要的分別和轉化：從田獵、校獵書寫中權力的「擁有」，轉為權力（秩序／德）的動態「擴張」。「燕然」也就名正言順地進入銘文文本與權力（秩序／德）範圍之內，不僅是銘文的載體，而以符號的形式參與在空間意義轉換的動態呈現中。

雄傳〉，頁 3561。

46 （劉宋）范曄撰，（唐）李賢等注，（晉）司馬彪補志：《後漢書》（臺北：鼎文，1981），卷 23〈竇融列傳〉，頁 815。

47 戰情省略的傳統可參楊牧：〈論一種英雄主義〉，《失去的樂土》（臺北：洪範書店，2002），頁 258-262。

開發工程的今昔盛景

銘文書寫與銘刻是基於對載體的某些認知與態度而進行的，同時又可能將新的意義賦予載體。我們或許沒有完全察覺到，不論是在一塊位於山水間的石頭上銘刻或摩崖，這個載體並不以銘文所分佈的石面範圍為界，載體的邊界可能延伸至整座山水，比如〈封燕然山銘〉的載體不只是那塊聳立的碣石，而是拉寬為整座燕然山。但我們未必同意將邊界拉寬到整個地球，因為那超出銘文詮釋所輻射的範圍，載體的邊界受銘文的牽引，與其說是物質的邊界，不如說更是意義的邊界。

庾信〈終南山義谷銘並序〉與江總〈芳林園天淵池銘〉都與山水開發有關，前者是稱頌北周武帝保定二年（562A.D.）宇文護鑿石關之谷，並以終南山木材構造建築的事功，後者頌揚的可能是陳代重修首都建康皇室園林之事[48]。前者有句「敢勒山阿」[49]，似乎透露出是摩崖；後者沒有特別

---

48 魏晉南北朝以來華林園有三，一為鄴城的華林園，石虎築；二為曹魏到北魏在洛陽的華林園，曹叡時稱芳林園，後因避曹芳諱而改稱華林園；一為建康的華林園，創自東吳，南朝宋至陳的宮廷生活和此園關係最密切。宋元嘉二十二年，鑿天淵池，池中有被褉堂。此園在南齊、梁皆有修造，因侯景之亂造成嚴重破壞，陳後主再次修建，江總所寫很可能即為這次整治工程。《景定建康志》在「天泉池」（一名天淵池）條下，列相關事跡，並列江總此銘，但題為〈華林園天淵池銘〉。華林園的研究見汪菊淵：《中國古代園林史》（北京：中國建築工業，2012），頁 75-79、81、87-88。（宋）周應合：《景定建康志》，收入《宋元方志叢刊》（北京：中華書局，1990），頁 1602-1。《陳書》載陳後主修建事：「至德二年，乃於光照殿前起臨春、結綺、望仙三閣。閣高數丈，並數十間，其窗牖、壁帶、懸楣、欄檻之類，並以沈檀香木為之，又飾以金玉，間以珠翠，外施珠簾，內有寶牀、寶帳，其服玩之屬，瑰奇珍麗，近古所未有。每微風暫至，香聞數里，朝日初照，光暎後庭。其下積石為山，引水為池，植以奇樹，雜以花藥。後主自居臨春閣，張貴妃居結綺閣，龔、孔二貴嬪居望仙閣，並複道交相往來。」見（隋）姚察、（唐）魏徵、姚思廉：《陳書》（臺北：鼎文，1980），卷 7，頁 131-132。

49 （北周）庾信撰，（清）倪璠注，許逸民校點：《庾子山集注》（北京：中華，1980），頁 680。

指明有無銘刻與銘刻於何處，若重修的是首都皇室園林且銘文自稱為「盛事」，加以銘刻的可能性很高，而既然無法直接刻於池水，比較可能是刻於池畔的石頭或山壁上。兩者也可說是以終南山石關之谷、芳林園之天淵池為載體。

這兩篇銘文讓我們更清楚地看見，載體的物質性和其連繫的「永恆」概念既是將功勞「傳千載」[50]所倚賴的，然而載體和「永恆」也可以在官方權力介入下被變動、鬆解——大規模如山水開發，甚至山水之神靈都要退讓（「川后讓德，山靈景從」[51]），載體的組成因此被改變；小規模如銘刻本身，究其實，這些銘刻的文字所倚賴的是具解構性的永恆。官方權力無法維持永恆的保證，並為永恆引進解構的可能。

關於這類頌讚工程的書寫與銘刻，令人追想東漢以來許多為紀念道路開通，在附近石壁留下的石刻文字，如〈西狹頌〉、〈析里橋郙閣頌〉、〈鄐君開裦斜道摩崖刻石〉等裦斜道石門諸刻[52]，以時間地點、事件緣由與經過、對主事者的頌讚為主要內容。〈終南山義谷銘並序〉與〈芳林園天淵池銘〉在此之外，有更多景觀的描寫，換言之，增加了對於載體形貌的關注，這或許不能排除因為開發的是山谷園池，以及受晉宋以來強調寓目身觀、經處親歷的地理書寫影響，不過放在開發、稱頌的語境中，無論是描寫開發過程或山水與建築物的盛景，皆在具體呈現主事者的功勞，這個空間、這個經官方權力帶來新秩序的載體，就是所欲稱頌之功的明顯成果。庾信〈終南山義谷銘並序〉曰：

50　（北周）庾信撰，（清）倪璠注，許逸民校點：《庾子山集注》（北京：中華，1980），頁 680。

51　同前註。

52　分見（清）嚴可均校輯：《全上古三代秦漢三國六朝文‧全後漢文》（北京：中華，1999），頁 1021、906、998-1。

周保定二年，歲次壬午，七月己巳朔，大冢宰晉國公命鑿石關之
谷，下南山之材。惟公匡濟彝倫，弘敷庶績，燮理余暇，披閱山
經，以為終南、敦物日月虧蔽，柹、榦、栝、柏、椅、桐、梓、
漆，年代蘊積，於何不有？乃謀山澤之官，兼引衡虞之匠。東出
藍田，則控灞乘滻；西連子午，則據涇浮渭。派別八溪，流分九
谷。 銅梁四柱，石關雙啓。青綺春門，溝渠交映。綠槐秋市，舟
檝相通。蓄之則為屯雲，泄之則為行雨。青牛文梓，白鶴貞松，運
以置宮，崇斯雲屋。千櫨抗殿，龍首干雲。萬頃疏苗，蟬鳴再熟。
川后讓德，山靈景從。豈如運石甘泉，繞通櫟陽之殿；穿渠穀水，
直繞金墉之城。將事未勞，為功實重，國富人殷，方傳千載。因功
立事，敢勒山阿。銘曰：寥廓上浮，崢嶸下鎮。壁立千丈，峯橫萬
仞。桂月危懸，風泉虛韻。乘輿嶺阪，舉插雲根。八溪分注，九谷
通源。北涵桐井，南浮石門。模象大壯，規繩百堵。膠葛九成，徘
佪千柱。桂棟凌波，柏梁乘雨。疏川奠谷，落實摧柯。事均刊木，
功侔鑿河。[53]

在交代時間、主事者、開發緣由與相對地理位置之後，即書寫開發過程與
盛況，而庾信使用了相當多的典故成辭，「透過對於既往事例的借用與解
釋證顯當下的經驗」[54]，顯示出「試圖把時間上的『過去』拉向『現在』
的一種自覺，使得『過去』能與作家當下所屬的『現在』具有一種『同
時代性』（contemporaneousness），並且以此喚起造就一種文化上的集體

53　（北周）庾信撰，（清）倪璠注，許逸民校點：《庾子山集注》（北京：中華，1980），
　　頁 679-682。
54　蔡英俊：〈「擬古」與「用事」：試論六朝文學現象中「經驗」的借代與解釋〉，中央研
　　究院文哲所編：《文學、文化與世變》（臺北：中央研究院文哲所，2002），頁 86。

意識」[55]；這些典故成辭也成為一把量尺，用來跟事功與景象相比較（可能過長或過短），達成頌讚與形塑空間意義的目的[56]。比如「模象大壯，規繩百堵」就拿《周易‧繫辭》聖人取大壯之卦營建宮室來比擬[57]，「百堵」至少可以聯繫起古公亶父遷岐築室為文王之興奠基[58]、宣王成室[59]，或宣王遣侯伯卿士為離散之眾民建築屋舍的事例[60]。「事均刊木，功侔鑿河」也連結上《尚書‧禹貢》大禹治山川[61]——以上皆為五經的例子。總體而言，與長安相關的典故仍佔多數，不過庾信還用了兩個非長安相關的典故與整件事功相比，「豈如運石甘泉，纜通櫟陽之殿；穿渠穀水，直繞金墉之城」便提到秦始皇在驪山之北建陵墓，從渭水北渚運取大石過甘泉口，甚至使渭水水流停止[62]；金墉城乃三國魏明帝在洛陽城西北角建立，如今不太清楚是誰使穀水繞經[63]。「豈如」意指現在的開發興建較他們更便利有效，「豈知」（《文苑英華》版）則可以解釋為現在就像他們一樣艱辛，

55　蔡英俊：〈「擬古」與「用事」：試論六朝文學現象中「經驗」的借代與解釋〉，中央研究院文哲所編：《文學、文化與世變》（臺北：中央研究院文哲所，2002），頁75。

56　關於山／水銘文中量尺式的典故運用，詳見第三章的討論。

57　「上古穴居而野處，後世聖人易之以宮室，上棟下宇，以待風雨。蓋取《大壯》。」見（魏）王弼、（晉）韓康伯注，（唐）孔穎達疏：《周易注疏》（臺北：藝文印書館，1965，十三經注疏本），卷8〈繫辭下〉，頁168-1。

58　「百堵皆興，鼛鼓弗勝」，見（漢）毛亨傳，鄭玄箋，（唐）孔穎達疏：《毛詩注疏》（臺北：藝文印書館，1965，十三經注疏本），〈大雅‧文王之什‧緜〉，頁549-1。

59　「似續妣祖，築室百堵，西南其戶」，見（漢）毛亨傳，鄭玄箋，（唐）孔穎達疏：《毛詩注疏》（臺北：藝文印書館，1965，十三經注疏本），〈小雅‧鴻鴈之什‧斯干〉，頁384-2。

60　「鴻鴈于飛，集于中澤。之子于垣，百堵皆作。雖則劬勞，其究安宅」，見（漢）毛亨傳，鄭玄箋，（唐）孔穎達疏：《毛詩注疏》（臺北：藝文印書館，1965，十三經注疏本），〈小雅‧鴻鴈之什‧鴻鴈〉，頁374-1。

61　「禹敷土，隨山刊木，奠高山大川」，見（漢）孔安國傳，（唐）孔穎達疏：《尚書注疏》（臺北：藝文印書館，1965，十三經注疏本），卷6〈夏書‧禹貢〉，頁77-2。

62　倪璠的註解，見（北周）庾信撰，（清）倪璠注，許逸民校點：《庾子山集注》（北京：中華，1980），頁682。

63　倪璠的註解，同前註。

或者現在的容易難以明瞭他們的不容易[64]。運輸建材的盛況疊映著西漢長安城的青綺門與槐市的往來熱絡[65]，所運木材之珍異可比秦文公在終南山遭遇的住著樹精的巨大梓樹，與雙鶴時常造訪的滎陽郡千丈孤松[66]，所營構的建築物也染上西漢起造的未央宮、昆明池中以桂為柱的靈波殿、以香柏為梁的柏梁臺的影子[67]。

書寫歷經險峻的山水是另一種突顯功勞的方式，我們可以看到早已非常熟悉上手的山水書寫模式，如使用「寥廓」、「崢嶸」這類的形容詞，倪璠的注解追溯到早在《楚辭·遠遊》出現的「下崢嶸而無地兮，上寥廓而無天」[68]，還有「千丈」、「萬仞」這樣概略而巨大的丈量計數。但接著「桂月危懸，風泉虛韻。乘輿嶺阪，舉插雲根」就出現尤其在晉宋以後強調體驗的書寫，抬頭觀看月亮所拉開的高度強化了人身的高危，仰視所致的重心不穩很可能使人跌墜深淵，聽見風聲和泉聲俱響交融，也將高度從谷間傳響出來，最後又看到自己或他人乘坐的車子在山嶺上駛入雲層的底部，即將被雲霧完全包圍。而這一切古今疊影與豐功偉業都發生在藉由「東出藍田，則控灞乘滻；西連子午，則據涇浮渭。派別八溪，流分九谷。銅梁四柱，石關雙啟」、「八溪分注，九谷通源。北涵桐井，南浮石門」來勾勒終南山整體形勢，這種傳統地理論述中具有理地治國背景、強調實證知識性，也就蘊涵治理權力的書寫所設定的舞臺上。

山水風景的描寫在江總〈芳林園天淵池銘〉中佔了絕大部分的比重：

64　（宋）李昉：《文苑英華》（臺北：大化書局，出版年不詳），頁 1894。

65　倪璠的註解，見（北周）庾信撰，（清）倪璠注，許逸民校點：《庾子山集注》（北京：中華，1980），頁 681。

66　倪璠的註解，同前註，頁 681-682。

67　倪璠的註解，同前註，頁 682-683。

68　同前註，頁 682。

歲次執徐，月維大呂。爰命梓匠，廣脩峇鋪。摽置舊趾，開浚昔
基。東西彌望，雲霧之所澄蕩；南北紆縈，虹霓之所引曜。曉川漾
墁，似日御之在河宿；夜浪浮金，疑月輪之馳水府。前瞰萬雉，列
榭參差；却拒三襲，危巒聳峭。瓖鳥異禽，自學歌舞。神木靈卉，
不知搖落。但叔皮覽海，序螭蛟之泛濫，吉甫臨舟，美樫松之蓊
茸，尚復著在吟詠，緘彼緹緗，況我君門，盛事未紀。謬頒待詔，
謹製銘云：石溝溜密，蘭渚潮平。九華閣道，百丈層盈。液搖殿
色，殿寫波明。[69]

就像〈終南山義谷銘並序〉，同時存在「危巒聳峭」、「萬雉」、「百丈」這
些使用形容詞和巨大量詞的方式，但更重要是「彌望」一詞所揭露的視覺
的高度參與，不僅是看見池水裡外的雲霧與虹霓、日月與建築、山巒與奇
鳥花木的存在、光色及動靜，更細膩展現池水與日月、池水與殿閣之間光
影色澤的變化交涉。相較之下，典故的使用較少，江總將自己的書寫承接
上班彪的〈覽海賦〉與應貞的〈臨丹賦〉，而現存資料中〈臨丹賦〉通篇
寫泉水之流奔[70]，〈覽海賦〉前三分之一有海景的描述，後三分之二進入
遊仙想像[71]，在江總的解釋和借用下，班彪、應貞賦寫所面臨的美景而流
傳至今，如今重修天淵池的盛事更當予以記寫傳後，這樣便將記功勞與記
美景結合起來，這般美景就是最好的功勞成果展示。「瓖鳥異禽，自學歌
舞。神木靈卉，不知搖落」的仙境化描寫[72]，進一步使天淵池成為足以抵
抗衰朽、抵抗時間的奇幻境地。載體的永恆性既為官方權力所消解，在此

69　（唐）歐陽詢：《藝文類聚》（上海：上海古籍，2007），卷9，頁174。

70　同前註，卷8，頁149。

71　同前註，頁152。

72　「人間仙境化」的概念見張嘉純：《漢魏六朝辭賦中的遊仙題材研究》（臺北：國立政
　　治大學碩士論文，2001）。

也以一種（官方的、銘刻的、書寫的）權力所創造。

「尚復著在吟詠，緘彼緹緗」透露在石刻之外存在著藉由紙張、手抄流傳的管道，自己既然可以藉此讀到前人作品，當然也可能藉此讓後人看到自己的。銘文的發展逐漸有書而不刻的情形，但讀者遭遇的文本的物質條件和物理形式，與讀者的感受理解、文本在歷史和社會上的重要性是緊密關聯的[73]。庾信和江總這兩篇富於景觀書寫的銘文促使現場的讀者接受問題更加突顯出來。當讀者觀看眼前包含銘文在內的景象時，讀者的所見所想有可能比銘文更寬或更窄，而經過閱讀銘文將使寬窄發生調節，過寬的情形也許會窄化、不變或更寬，過窄的情形也許會寬化或不變，換句話說，讀者對此空間的認識會向銘文靠近或不受影響，或產生更多詮釋上的歧異。而其中所隱含的是，由山水與銘文組成的地景一方面可以看作一件表意、完整的文本，另一方面對讀者來說銘文又具有獨立性，讀者在認識這個空間時可以選擇將之納入或排除，山／水銘文與載體的關係也就是若即若離的。

揚祖頌國的譬喻概念

銘文與載體的關係在鄭述祖〈天柱山銘〉與李尤〈河銘〉、〈洛銘〉中，可以看到警戒類銘文的典型書寫模式，即載體作為文本中的符號而以譬喻結構表出銘文的意義。

鄭述祖重登雲峰山看見先父鄭道昭留下的石刻文字，於是「發聲哽塞……興言淚下……對之號仰，彌深彌慟，哀纏左右，悲感傍人」，他和

73　可參 Roger Chartier, *Forms and Meanings: Texts, Performances, and Audiences from Codex to Computer* (Philadelphia: University of Pennsylvania Press, 1995)

他父親在臨近諸山都留下不少刊刻文字，不過他也發現有些地方「字皆癬落，賓從尋省，莫能識之」[74]，體認到石刻亦不免遭受自然侵蝕，他大概無法料及在生前最後一年（大齊天統元年，565A.D.）刊刻的〈天柱山銘〉還會遇到人為的猛烈進攻——1968 年春被大澤山鎮南昌村村民破石建房，後來經平度市文物工作者拆房收集殘石，存放在平度市博物館裡[75]。

〈天柱山銘〉[76]曰：

使持節都督光州諸軍事車騎大將軍儀同三司光州刺史滎陽鄭述祖作。嚴嚴岱宗，魯邦仍其致祀；奕奕梁山，韓國以之作鎮[77]。蓋由觸石吐雲，抶寸布雨，五岳三望，六宗九獻，祈禱斯應，禮[78]秩攸歸。天柱山者，即魏故通直散騎常侍中書侍郎國子祭酒祕書監青光相三州刺史先君文恭公之所題目。南臨巨海，北眺滄溟，西帶長河，東瞻大壑。斜鎮翳天，層巒隱日。尋十州于掌內，摠六合於眼中。文鰩自此經停，精衛因其止息。始皇遊而忘返，武帝過以樂留。豈直蛾眉鳥翅，二別兩崚，對談小大，共敘優劣者也？公稟氣辰象，含靈川岳，禮義以成規矩，仁智用為樞機。自緇衣逞譽，革履傳聲。組綬相輝，貂晃交暎。至於愛仙樂道之風，孝敬仁慈之德，張良崔廓，未之云擬，文先夏甫，何以能加。魏永平三年，朝議以此州俗關南楚，境号東秦，田單奮武之鄉，麗其騁辯之

74　（清）嚴可均校輯：《全上古三代秦漢三國六朝文・全後周文》（北京：中華，1999），頁 3864。

75　于書亭：《鄭道昭與四山刻石》（北京：人民美術，2004），頁 71。

76　北京圖書館金石組編：《北京圖書館藏中國歷代石刻拓本匯編》（鄭州：中州古籍，1989），冊 2，頁 156。

77　「作鎮」，拓本不清，據《全後周文》補，見（清）嚴可均校輯：《全上古三代秦漢三國六朝文・全後周文》（北京：中華，1999），頁 3864。

78　「應」、「禮」，拓本不清，據《全後周文》補，同前註。

地，民獻鄙薄，風物陵遲，調諧俾乂，非公勿許。及駈難御下，享魚理務，羣情款密，庶類允諧，變此澆夷之俗，俾彼禮樂之邦，懋蹟布在哥謠，鴻範宣諸史策。公久闊枌榆，永懷桑梓，同昇隴而灑江，類陟岵以興嗟，於此東峯之陽，仰述皇祖魏故中書令祕書監兗州刺史文貞公迹狀，鑴碑一首。峯之東堪石室之內，復製其銘。余忝資舊德，力搆前基，遂秉笏朝門，策名天府，出入蕃邸，陪從帷幄，凡諸昇歷瀛趙滄冀懷及兗光行正十州刺史北豫州大中正。三登常佰，再履納言，光祿大常，頻居其任，揣究庸虛，無階至此，直是遺薪妄委，餘慶濫鍾，何曾不想樹嗟風，瞻天愧日。猥當今授，踵迹此蕃，敢慕楷書，仰宣庭誨。其詞曰：嵩高峻極，太華峭成。祈望諸素，禋禱羣經。崇哉天柱，迥出孤亭，地險標德，藉此為名。赫矣先公，道深義富，如桂之馨，如蘭之茂，尊祖愛親，存交賞舊。飜屬愚淺，實慙穿搆。大齊天統元年歲次乙酉五月壬午朔[79]十八日己亥刊。

銘文稱揚先祖之美的傳統在《禮記‧祭統》已有記述，祭祀鑄鼎背景裡的「稱美而不稱惡」也延伸至包含〈天柱山銘〉在內的褒讚類銘文，「著己名於下」[80]在〈天柱山銘〉表現為在題目後自稱「使持節都督光州諸軍事車騎大將軍儀同三司光州刺史滎陽鄭述祖作」，文末並以謙慚的語氣回顧自己為官歷程，表示同任光州刺史的自己實在不比先父。雖然〈天柱山

79　「朔」，拓本不清，據《全後周文》補，見（清）嚴可均校輯：《全上古三代秦漢三國六朝文‧全後周文》（北京：中華，1999），頁3865。

80　「夫鼎有銘。銘者，自名也。自名以稱揚其先祖之美，而明著之後世者也。為先祖者，莫不有美焉，莫不有惡焉。銘之義，稱美而不稱惡，此孝子孝孫之心也，唯賢者能之。」鄭玄注：「自名謂稱揚其先祖之德，著己名於下。」見（漢）鄭玄注，（唐）孔穎達疏：《禮記注疏》（臺北：藝文印書館，1965，十三經注疏本），〈祭統〉，頁838-2。

銘〉的重點不在於頌揚他的祖父，只稍微提到父親鄭道昭懷念其父鄭羲，在天柱山之陽「仰述皇祖魏故中書令祕書監兗州刺史文貞公迹狀，鐫碑一首」，但從鄭述祖筆下的鄭羲諡號與官職，可以一窺「稱美而不稱惡」背後的剪裁取捨。

　　于書亭曾探討分別刻於天柱山和雲峰山、由鄭道昭所促成的〈鄭羲上、下碑〉，為何缺乏地點與所稱頌的人物之間的關聯，亦即若親友要追懷鄭羲，為何不是在家鄉滎陽的墓前立碑，而要刻在光州的兩座山上？原因很可能在於鄭羲的名聲問題，像是任官時多所收賄，政績不顯而大節有虧，北魏孝文帝在定鄭羲的諡號時便不從尚書所請之「宣」，而定為「文靈」。「宣」、「文」都屬美諡中的上諡，「靈」是惡諡，「文靈」則美惡兩兼。加上鄭羲五兄、姪孫輩在家鄉更是風評惡劣，因此不在家鄉立碑可以避免許多尷尬與爭議。鄭道昭在光州政務寬厚，為吏民所愛，在轄區光州之內刻石不至於遭到反對，父親聲譽也不會受到過多質疑，而且遠離家鄉和首都，在一個鄭氏家族不太熟悉的地方、在山裡，當時已換為宣武帝臨朝，都有利於鄭道昭改動諡號，在〈鄭羲上、下碑〉中省略惱人的「靈」，留下美好的「文」而不易被察覺。到了鄭述祖〈天柱山銘〉，鄭羲的諡號又多出一個「貞」字，「貞」也屬美諡中的上諡，「文貞」可謂諡之極美者。鄭述祖在光州同樣有惠政，為民所愛，受質疑的機會亦少。不過他們的削諡、加諡，恐怕都是未經認可的私人行為。于書亭觀察到鄭述祖〈天柱山銘〉把鄭羲官職由「西兗州」刺史改為「兗州」刺史，其實鄭道昭在〈鄭羲上、下碑〉便有先例。「兗州」和「西兗州」同為刺史部，但從人口、等級、制祿來看，前者都高得多[81]——選擇一個與所稱頌之人事不一致的銘刻地點，著實開啟了不同的書寫可能。

81　參于書亭：《鄭道昭與四山刻石》（北京：人民美術，2004），頁 22-23、40-44、76-78。

　　那麼鄭述祖究竟是如何稱揚其父，並與天柱山產生連繫的？〈天柱山銘〉序文首先把天柱山放在祭祀山嶽的語境裡，後面銘辭一開始也如出一轍。序文接著說明天柱山是父親所命名的，並敘述其位置、形勢，這裡也是神物出沒、求仙往來的勝地，與後文提到父親的「愛仙樂道之風」相呼應。但鄭述祖並沒有讓天柱山僅僅成為一座在知識、傳統、他人經驗中的山，因為接下來他便開始敘讚父親的德勳、如何改變光州薄俗、同樣在這座山追懷其父、留下石刻文字——天柱山還是一座我們父子都曾治理過的區域內的山，是我們都曾造訪的山，我們都曾在山上讚揚自己的父親，留下銘刻痕跡。這是一座與我們家族有關的山，充滿感情與親切（從〈重登雲峰山記〉更可以想像他對父親的遺跡所引發的感情），重疊了三代的記憶。況且，這座山是父親所命名的——鄭述祖顯然又對其名實有所轉化，更加深了對父親的頌揚，以及父親與天柱山的連結。

　　根據鄭道昭所作的〈天柱山銘〉，命名為「天柱」是因為「孤峯秀峙，高冠霄星」[82]。鄭述祖也有類似的描述，如〈重登雲峰山記〉：「天柱山……是先君所號。以其孤上干雲，傍無崚嶒，因以名之」[83]，與〈天柱山銘〉：「崇哉天柱，迥出孤亭，地險標德，藉此為名」，以形勢上的高孤，突出於周圍環境，彷彿伸入高天的柱子，是如此命名的重要原因[84]。從鄭道昭〈天柱山銘〉將天柱山塑造成眾仙神物聚集之所在的企圖看來，也許還想指向亦號稱「天柱」的崑崙山[85]。雖然鄭述祖〈天柱山銘〉也有提到這裡

82　北京圖書館金石組編：《北京圖書館藏中國歷代石刻拓本匯編》（鄭州市：中州古籍社出版，1989），冊2，頁179。

83　（清）嚴可均校輯：《全上古三代秦漢三國六朝文・全後周文》（北京：中華，1999），頁3864。

84　依形狀命名地方是六朝地方誌中的命名方式之一，見青山定雄作，頤安譯：〈六朝之地記〉，收入《叢書刊刻源流考》（臺北：台聯國風，1974），頁62-63。

85　《藝文類聚》輯《神異經》：「崑崙之山有銅柱焉，其高入天，所謂天柱也，圍三千里周圍如削。」又錄《葛仙公傳》：「崑崙，一曰玄圃，一曰積石瑤房，一曰閬風臺，一

是「文鯪自此經停，精衛因其止息。始皇遊而忘返，武帝過以樂留」的地方，卻無意特別在這點上承襲，他的改造應該要從祭山的語境來探討。

在稱頌父親的銘文中提到東嶽泰山、中嶽嵩高山、西嶽華山、梁山，而且將天柱山放在一起，乍看之下有點奇怪，但如果注意到《爾雅・釋山》與其注疏的資料，會發現上述山嶽都在其中、被放在一起、皆為受祭祀的對象，「天柱」原來也是南嶽霍山的別名[86]，如此便有了並列的基礎，且取得一個非常受尊崇的地位。鄭述祖在〈天柱山銘〉解釋命名緣由時還加入一個「標德」的因素，是鄭道昭所沒有的，究竟鄭述祖認為天柱山可以揭舉什麼「德」、誰的「德」？《爾雅・釋山》疏引《白虎通》、《風俗通》以解釋「嶽」字的時候說到，天子巡狩東南西北四嶽，同時也捋考諸侯功德而黜陟之[87]，這或許可以提供一個將代表南嶽、崇高的天柱山，與南嶽此處諸侯崇高的功德相對應的基礎，然而透過「崇哉天柱，迥出孤亭，地險標德，藉此為名。赫矣先公，道深義富，如桂之馨，如蘭之茂」這個簡明的並列，才能使指稱變得確切，於是，形勢和地位上崇高的天柱山，與有「德」的鄭道昭之間就有可能類比[88]，不但能藉此讚揚父親，也回過頭

曰華蓋，一曰天柱，皆仙人所居也。」見（唐）歐陽詢：《藝文類聚》，卷7（上海：上海古籍，2007），頁130。《初學記》引《河圖括地象》：「崑崙山為天柱，氣上通天，崑崙者地之中也。」見（唐：徐堅）《初學記》（北京：中華書局，1962），卷5，頁87。吳翊良整理了關於崑崙山的各家說法，第一類認為「崑崙」是「宇宙山」者，第二類認為「崑崙山」為通天之柱者，第三類認為「崑崙山」是「天地中央」者，見吳翊良：《空間・神話・行旅——漢晉辭賦中的「山水書寫」研究》（臺南：國立成功大學碩士論文，2007），註317，頁157。

86　（晉）郭璞注，（宋）邢昺疏：《爾雅注疏》（臺北：藝文印書館，1965，十三經注疏本），〈釋山〉，頁118。

87　同前註。

88　透過兩者的列隊，彼此之間產生關聯和連通後的理路，也近似鄧育仁關於「排列」的研究結果。鄧育仁指出，排列在一起的圖像往往被認為具有關聯性，得以藉此表達出意義。見 Teng, Norman Y., "Image alignment in multimodal metaphor," in *Multimodal Metaphor*, eds. Charles J. Forceville & Eduardo Urios-Aparisi (Berlin, New York: Mouton De Cruyter, 2009), pp.195-210.

滿足了命名的條件。在鄭述祖巧妙的轉換下，天柱山既是父親鄭道昭所命名，命名者自己也成了命名的緣由，坐實了「天柱」之名。

從鄭述祖〈天柱山銘〉可以看到一種「（高）山」和「（有德的）人」的譬喻關係，而東漢李尤的〈河銘〉、〈洛銘〉則展現了「水」的譬類可能。現在似乎無法證明〈河銘〉、〈洛銘〉有無實際刊刻，《華陽國志》稱李尤作了一百二十首銘文[89]，嚴可均《全上古三代秦漢六朝文》搜得八十六首，從「李尤為銘，自山河都邑至於刀筆符契，無不有銘」[90]、「尤好為銘贊，門階戶席，莫不有述」[91]的記載看來，李尤是開拓銘文題材的重要作者，雖然遭到量多質差的批評[92]，如果說數量和題材上的擴增含有練習試筆、琢磨技巧或宮廷應詔的可能，那麼不一定每一篇銘文都有施以銘刻的必然性。即使〈河銘〉、〈洛銘〉曾被實際銘刻於黃河、洛水附近，銘文內容也並非明顯發生於近期特定的人事，而是較為一般性的、對自己國家的讚頌：

> 洋洋河水，赴宗于海。經自中州，龍圖所在。黃函白神，赤符以信。昔有周武，集會孟津。魚入王舟，乃往克殷。大漢承緒，懷附遐鄰。邦事來濟，各貢厥珍。[93]

89　「李尤……百二十銘」，見（晉）常璩撰，任乃強校注：《華陽國志校補圖注》（上海：上海古籍出版社，1987），卷10中〈廣漢士女〉，頁564。

90　摯虞：〈文章流別論〉，見（清）嚴可均校輯：《全上古三代秦漢三國六朝文・全晉文》（北京：中華，1999），頁1906。

91　任昉〈齊竟陵文宣王行狀集〉李善注引文，見（梁）蕭統編，（唐）李善注：《文選》（上海：上海古籍出版社，1986），卷10，頁2583。

92　摯虞在〈文章流別論〉稱「文多穢病，討而潤色，言可采錄。」同註90。《文心雕龍・銘箴》：「李尤積篇，義儉辭碎。」《文心雕龍・才略》：「李尤賦銘，志慕鴻裁，而才力沉膇，垂翼不飛。」分見（南朝梁）劉勰著，周振甫注：《文心雕龍注釋》（臺北：里仁，1984），頁199-200、862。

93　（唐）歐陽詢：《藝文類聚》（上海：上海古籍，2007），卷8，頁157。

> 洛出熊耳，東流會集。夏禹導疏，經於洛邑。玄龜赤字，漢符是立。帝都通路，建國南鄉。萬乘終濟，造舟為梁。三都五州，貢籠萬方。廣視遠聽，審任賢良。元首昭明，庶類是康。[94]

將前則的〈河銘〉與後則的〈洛銘〉合觀，很容易發現都緊扣著河、洛的知識典事與景象，假設有銘刻現場的讀者，除了眼前的流水，也會「看到」河洛不但流經這個國家的核心區域，所出的河圖洛書成為周朝與承周的漢朝立國的符瑞基礎，水面上正有或曾有朝貢的交通盛況，這與外交、內政的良好治理息息相關，李尤的編織使得河、洛成了國家今昔的見證者。不過更值得注意的是可能有一個看待事物的框架統攝其中，首先，由「河水——通道」可以構成「管道譬喻」（conduit metaphor），國內外的進貢便可用以下結構呈現[95]：

物件	管道	容器
貢物	黃河、洛水	舟船

貢物是「物件」，舟船是「容器」，而河水是傳遞的「管道」，換言之，某

94　（唐）徐堅：《初學記》（北京：中華書局，1962），頁 134。

95　Michael Reddy 在 1979 年指出時，我們用以談論的語言大致建構在以下的複雜譬喻：想法（或意義）是物件，語言表達是容器，溝通是傳遞。說話人將想法（物件）放入語辭（容器）並傳遞（經由管道）至某一聽者，此聽者將想法（物件）由語辭（容器）中取出來。本書則試圖指出中國文學裡，此一譬喻概念在談論語言之外的存在面向。「管道譬喻」的詳細說法見雷可夫（George Lakoff）、詹森（Mark Johnson）著，周世箴譯注：《我們賴以生存的譬喻》（臺北：聯經，2006），頁 21-26。關於河水與通道的關係，艾蘭（Sarah Allan）藉雷可夫與詹森的理論探討中國早期哲學思想的本喻，發現水與植物是許多最基本概念的本喻。例如「道」的核心意思不是陸路，而是水道，（河）水是「道」的本喻。參艾蘭（Sarah Allan）著，張海晏譯：《水之道與德之端——中國早期哲學思想的本喻》（北京：商務印書館，2010 年）。

個國家或城市的貢物被放入舟船，經由黃河或洛水，運送至本國或首都洛
陽，再將貢物由舟船中取出。從「洋洋河水，赴宗于海」、「洛出熊耳，東
流會集。夏禹導疏，經於洛邑」看來，黃河和洛水還是有起點、終點，而
且中間可以被彎曲轉向的管道[96]。

　　這個「管道」的結構，不僅存在於進貢的層面，還存在於前後朝代的
傳承、本國與外國的往來、領導者與人民的關係之間：

物件	管道	容器
貢物	黃河、洛水	舟船
周朝的……	儀式／論述	漢朝
漢朝的……	行動／制度	外國
外國的……	行動／制度	漢朝
領導者的……	情報機制／官吏／施政	人民

從「大漢承緒，懷附遐鄰，邦事來濟，各貢厥珍」來討論，漢朝可能經由
某些儀式、論述，承接了周朝的某種基礎，也許是功業、正（政）統或德
治等等；漢朝與外國之間也可能藉某些行動、制度使德惠、權力得以出
入，比如外國接受了漢朝的德惠，或外國把一定程度的主權交給漢朝，或
者反過來，漢朝的統治權臨及外國。再看「廣視遠聽，審任賢良。元首昭
明，庶類是康」這句，領導者[97]的洞察、判斷、監控與理解能力[98]，經某種

96　若也注意到河圖、洛書（物件）在河、洛（容器）裡面這一點，更準確地說應該是同
　　時顯現「管道」和「容器」兩面向的混合譬喻（mixed metaphor）。然而似乎比較是用
　　「管道」的面向作為銘文中共通的框架。

97　在漢語中，頭（首）的譬喻義一般有「第一」（如頭等、首獎）、「起始」（從頭開始）、
　　「領導者」（頭目、首領）。這些意義延伸的物理基礎可能在於頭是我們身體的最高部
　　分。參曹逢甫、蔡立中、劉秀瑩：《身體與譬喻：語言與認知的首要介面》（臺北：文
　　鶴，2001），頁 21-22。

情報機制可以出去；而領導者的德惠也可由賢良的官吏、施政措施澤及人民。

「河水是管道」這個譬喻雖然是上述結構的基礎，「物件」與「容器」之間的互動關係顯然才是頌讚的前景，然而透過結構的解析，就會發現潛伏的「管道」實為「物件」與「容器」之間通達的關鍵，那些在銘文中不被明言的暢通「管道」，或許正被隱隱地頌讚著，也是讀者不易察覺並加以質疑反省的。

褒讚與博約溫潤

本章所論之銘文藉著銘刻於山石，傳達存之永遠的冀望，也在形塑空間的意義。在稱揚國家德望的山／水銘文中，猶能觀察語言剪裁隱揚的痕跡，透過儀式、物質、符號意義的運作，將載體納入權力範圍及轉變空間意涵；在開發修整的語境中，載體的永恆性同時包含解構的因子，載體的形貌亦得到更多的關注，以筆下的盛景作為具體的功勞呈現。褒讚性山／水銘文的載體以符號參與空間意義的塑造，亦可看到藉跨類聯想形成譬喻結構這種常見於警戒性銘文的方式。此外，可以發現載體的界域乃由銘文意義的界域所規範；銘文與山水整體環境所構成的地景可以成為一個文本，而對於現場的讀者而言，載體與銘文之間是若即若離的。這類銘文所讚頌的人事與載體所在的地點大多一致，而偶有偏移的情形，因為脫離了該地域的社會情境，就會開啟不同的書寫可能。

然而，就內容主旨來說，唐前褒讚類的山／水銘文，與數量亦稀的

98　漢語中「眼」、視覺動詞如「看」、「視」、「顧」等也都具有譬喻義，與知識、洞察力、心智的視覺、控制等有關。同前註，頁 22-23。

山／水「頌」文，其實十分接近。它們之間有沒有重大的差別？相互比
較之下，是否能看出山／水銘文在以上所論之外更多的特色？姑且不論
銘、頌共同源頭之一的秦政刻石，如唐瑾〈華嶽頌並序〉[99]一面頌讚西嶽
華山，一面稱揚「經始締構」者（宇文泰及受命的楊子昕）之功，最後寫
到「文軌叶同，皇猷允塞。如山之壽，毖我郡國」，也歌頌了當朝皇帝和
國家——頌讚華山的部分，近於僅存序文的傅玄〈華岳銘序〉[100]；「經始
締構」的部分，與邊韶稱頌「疏達河川」的〈河激頌〉[101]、元萇親自為溫
泉「翦山開鄣，因林搆宇」的〈振興溫泉頌〉[102]，都類似於庾信〈終南山
義谷銘並序〉與江總〈芳林園天淵池銘〉；歌頌皇帝和國家的部分，亦可
見於班固〈封燕然山銘並序〉與李尤〈河銘〉、〈洛銘〉。鄭述祖的〈天柱
山頌〉[103]與他的〈天柱山銘〉相比，除了通篇四言而無序文外，大抵也是
從頌讚天柱山過渡到對父親的尊崇。至於董仲舒〈山川頌〉[104]和陶弘景〈華
陽頌〉[105]，則屬題詠品物一類，前者闡釋什麼是「山」、什麼是「水」，為
先秦以來「比德說」的集大成[106]；後者乃針對特定地點，以「五言四句式
短詩十五首」，「從末世論、宇宙觀、神仙譜系、與仙道有關的地理、歷

99　（清）嚴可均校輯：《全上古三代秦漢三國六朝文・全後周文》（北京：中華，1999），
　　頁 3912。

100　（清）嚴可均校輯：《全上古三代秦漢三國六朝文・全晉文》（北京：中華，1999），頁
　　1724-1725。

101　（清）嚴可均校輯：《全上古三代秦漢三國六朝文・全後漢文》（北京：中華，1999），
　　頁 812-813。

102　（清）嚴可均校輯：《全上古三代秦漢三國六朝文・全後魏文》（北京：中華，1999），
　　頁 3585。

103　亦稱〈四言詩殘刻〉或〈天柱山殘刻〉，見于書亭：《鄭道昭與四山刻石》（北京：人民
　　美術，2004），頁 121。

104　（清）嚴可均校輯：《全上古三代秦漢三國六朝文・全漢文》（北京：中華，1999），頁
　　258。

105　（清）嚴可均校輯：《全上古三代秦漢三國六朝文・全梁文》（北京：中華，1999），頁
　　3220。

106　參王立群：《中國古代山水遊記研究》（北京：中國社會科學出版社，2008），頁 37。

史、人物、古迹等各個方面，對以華陽洞為中心的茅山修道環境作了一番全面點評」[107]。若從形式上來分辨，山水銘、頌兩者的序為散體，銘、頌文為四言的寫法，依然很難做出區隔。從銘文的強烈特徵——「銘刻」行為來看，〈華嶽頌並序〉、〈河激頌〉、〈振興溫泉頌〉、〈天柱山頌〉、〈華陽頌〉皆有銘刻的實跡或打算，於是，我們或許只能往風格層面去尋索彼此的差異。

先論銘文，陸機〈文賦〉云：「銘博約而溫潤」，李善解釋道：「博約，謂事博文約也。銘以題勒示後，故博約溫潤」。徐復觀進一步闡述：「按銘勒於器物之上，字數受限制，故須義博而文約；語多含蓄，故體貌溫潤。」[108]劉勰統合陸機和曹丕「銘誄尚實」[109]而言：「箴全禦過，故文資確切；銘兼褒讚，故體貴弘潤；其取事也必覈以辨，其摛文必簡而深」，即銘箴皆需「切合事實，言簡意賅，不作不切實際的夸張」[110]，而推敲「銘兼褒讚，故體貴弘潤」一句，劉勰似乎試圖以「弘潤」涵括警戒、褒讚二類銘文的整體面貌，原先陸機的「溫潤」則沒有強調是指哪一類銘文。林紓釋「弘」為「辭高而識遠」，以「潤」為「文簡而句澤」[111]。詹鍈認為「弘潤」和「溫潤」意思差不多，將「弘潤」、「溫潤」當作警戒、褒讚二類銘文共通的特色[112]。陳世驤譯「銘博約而溫潤」為：「The Mnemonic is a smooth flow of genial phrases, succinct but pregnant」[113]，「succinct but

---

107　〈華陽頌〉的闡釋可見鐘國發：〈陶弘景《華陽頌》十五首考釋〉，《傳統中國研究集刊》（上海：上海社會科學院，2009），頁136-153。引文見頁136。

108　見楊牧：《陸機文賦校釋》（臺北：洪範書店，1985），頁45。

109　（清）嚴可均校輯：《全上古三代秦漢三國六朝文・全三國文》（北京：中華，1999），頁1098-1。

110　（南朝梁）劉勰著，詹鍈義證：《文心雕龍義證》（上海：上海古籍，1989），頁424。

111　林紓：《春覺齋論文・流別論》，收入王水照編：《歷代文話》（上海：復旦大學，2007），第7冊，頁6342。

112　（南朝梁）劉勰著，詹鍈義證：《文心雕龍義證》（上海：上海古籍，1989），頁422。

113　見楊牧：《陸機文賦校釋》（臺北：洪範書店，1985），頁42。

pregnant」近於徐復觀的「含蓄」，不難理解為文約而義博的狀態；從「a smooth flow of genial phrases」來體會「溫潤」，或近於林紓的「句澤」，銘文文辭乃是和善悅人的，讀起來是平穩順暢的，與下句「箴頓挫而清壯」（The staccato cadences of the Epigram are all transparent force）相對[114]。

再論頌的特徵，陸機〈文賦〉曰：「頌優遊以彬蔚」，所謂「優遊」，徐復觀釋為「乃從容自然，歌功頌德而不著痕跡」，所謂「彬蔚」，「乃文質均衡而氣象茂盛」[115]。宇文所安的看法相近，他譯為「Ode moves with a grand ease, being lush」[116]，將「優遊」視為「悠閒地游動」，即「平和的、不慌不忙的樣子，與『頌』的尊嚴相稱」[117]，「being lush」一方面顧及「蔚」（植物的繁茂）的意義，一方面也暗示具有感官上的吸引力[118]。陳世驤的翻譯則是「While the Eulogy enjoys the full abandon of grand style」[119]，「full abandon」似取呂向的「縱逸」之意[120]，陳世驤不直譯「彬蔚」，別出心裁以西方的「grand style」來對應「頌」體，此中包含了他對「彬蔚」的理解。西方的「grand style」自有其脈絡，當然無法完全等同於頌，我

---

114 同註 108，頁 42。宇文所安則認為「溫潤」和銘文的關係並沒有那麼密切：「『博約』當然是矛盾的。李善給出了一個合理解釋：『事博文約』。『銘』經常被刻在一個不大的物件如禮器、鏡、劍之上，它讓我們看到了一個有趣的方面：文體的物質層面對風格特質的影響。『溫潤』用以描述君子的性格特徵，它與溫柔順從有關，經常與儒家價值『仁』聯繫在一起。『銘』本身不要求『溫潤』與之相配，『溫潤』一辭出現在這裡似乎是為了平衡下一行『箴』的嚴肅特徵。」見宇文所安著，王柏華、陶慶梅譯：《中國文論：英譯與評論》（上海：上海社會科學院，2003），頁 135。

115 見楊牧：《陸機文賦校釋》（臺北：洪範書店，1985），頁 45。

116 見宇文所安著，王柏華、陶慶梅譯：《中國文論：英譯與評論》（上海：上海社會科學院，2003），頁 133。

117 宇文所安將「悠閒地游動」譯為 moves in grand ease，同前註，頁 135。

118 lush 有 appealing to the senses 之意，見韋氏辭典 https://www.merriam-webster.com/dictionary/lush。

119 見楊牧：《陸機文賦校釋》（臺北：洪範書店，1985），頁 42。

120 「向曰：頌以歌頌功德，故須優游縱逸而華盛也。彬蔚，華盛貌。」見（梁）蕭統編：《增補六臣注文選》（臺北：華正書局，1977），卷 17，頁 310。

們推測並非指演說層面，而較傾向常見於史詩的，通過適當的韻律技巧處理特定主題以達到莊嚴崇高的風格[121]，但這裡對「頌」的認識已超出陸機的範圍。古典文論中對「頌」最完整的論述仍屬劉勰《文心・頌讚》，其中探討頌體源流、正變、謬訛，大致將頌的內容歸納出告神、褒德、品物三類，而總結的風格比較像是針對前二類，不太適用於品物之頌：「原夫頌惟典懿，辭必清鑠，敷寫似賦，而不入華侈之區；敬慎如銘，而異乎規戒之域；揄揚以發藻，汪洋以樹義，雖纖巧曲致，與情而變，其大體所底，如斯而已」[122]，這或許是陳世驤「grand style」的譯識基礎——告神或褒德的「頌」必須用清鑠之辭敷寫，又不到賦的華侈程度，以達到典懿敬慎的風格，在山／水頌文中最能看出此質素的例子應是〈振興溫泉頌〉與〈華嶽頌〉的頌文部分：

> 皇皇上靈。愍我蒼生。泌彼溫泉。于此麗川。其水剋神。剋神剋聖。濟世之醫。救民之命。其聖伊何。排霜吐旭。其神伊何。吞眈去毒。無藉烟炭。誰假樵木。湛若虞淵。沸如湯谷。東枕華山。西掊咸陽。連疇接畛。墟落相望。彩林爭翠。菜樹成行。香風旦起。文霞夕張。陟彼麗山。望想千里。迺作高堂。鴻飛鳳起。三輔之英。五都之士。慕我芳塵。爰居爰止。其德既茜。其聲既遠。金華屑桂。春山九轉。目放羣羊。手□□犬。控鵠來思。俊我□堂。

---

121 關於 grand style 可參 J.A. Cuddon 的解釋："In his Oxford lectures *On Translating Homer and On Translating Homer: Last Words* (1861, 1862), Matthew Arnold used this now famous phrase. Such a style, he maintained, arises when a noble nature 'poetically gifted, treats with simplicity or with severity a serious subject'. Arnold refers to Homer, Pindar, Virgil, Dante and Milton as exponents of the grand style. It was a lofty or elevated style (q.v.) suitable for epic: a style which Arnold himself attempted in, for instance, *Sohrab and Rustum* (1853)." 見 J.A. Cuddon, *A Dictionary of Literary Terms and Literary Theory* (Chichester: Wiley-Blackwell, 2013), p.313.

122 （南朝梁）劉勰著，周振甫注：《文心雕龍注釋》（臺北：里仁，1984），頁 162。

而[123]

> 攸攸大極。巖巖削成。渾元既判。載濁浮清。含仁配厚。蘊智為
> 靈。功遂勿處。日用無名。在秋戒肅。居金作鎮。嚴霜比威。膏液
> 等潤。容而不有。施而匪吝。窮地之險。極天之峻。川澤通氣。山
> 藪藏疾。靈嶽峨峨。清干秩秩。限積冬霰。峰留夏日。雷霆以之。
> 風雲自出。殷憂啟聖。多難開基。大人利見。或躍俟時。袞冕赤
> 舄。三牡龍旂。鼓腹行樂。擊壤而熙。神教以道。民化惟德。沈漸
> 以剛。高明柔克。文軌叶同。皇猷允塞。如山之壽。寔我郡國。[124]

與本章的山／水銘文互相照明，以上兩段山／水頌文呈現之典雅豐縟、雍
容光采，以及敷寫所致之較長篇幅，終顯出迥異於山／水銘文的地方。回
觀同樣以山壁磴石為載體，在字數上不像一般器物受侷限的山／水銘文，
其篇幅與「彬蔚」的程度，顯得節制而非縱逸，體貌含蓄內斂，如一道平
順靜好的水流。

---

123 下闕，見（清）嚴可均校輯：《全上古三代秦漢三國六朝文・全後魏文》（北京：中華，
    1999），頁 3585。

124 （清）嚴可均校輯：《全上古三代秦漢三國六朝文・全後周文》（北京：中華，1999），
    頁 3912。

第二章

警戒：物事連結的模式

險固和興盛的建構與解構

唐修《晉書》稱〈劍閣銘〉是張載「以蜀人恃險好亂，因著銘以作誠」[1]，從〈劍閣銘〉本身來看，首先用了接近三分之二篇幅強調劍閣為「形勝之地」，從「昔在武侯」以下有了轉折：

> 巖巖梁山，積石峩峩。遠屬荊衡，近綴岷嶓。南通邛僰，北達褒斜。狹過彭碣，高踰嵩華。惟蜀之門，作固作鎮。是曰劍閣，壁立千仞。窮地之險，極路之峻。世濁則逆，道清斯順。閉由往漢，開自有晉。秦得百二，并吞諸侯。齊得十二，田生獻籌。矧茲狹隘，土之外區。一人荷戟，萬夫趦趄。形勝之地，匪親勿居。昔在武侯，中流而喜。山河之固，見屈吳起。興實在德，險亦難恃。洞庭孟門，二國不祀。自古迄今，天命匪易。憑阻作昏，鮮不敗績。公

1　（唐）房玄齡：《晉書》（臺北：鼎文書局，1980），卷55〈張載傳〉，頁1516。

孫既滅，劉氏銜璧。覆車之軌，無或重跡。勒銘山阿，敢告梁益。[2]

除了消極告誡「險亦難恃」，不要「憑阻作昏」，也點出積極的方針是「興實在德」。放在「物──事」關係的發展脈絡裡，就會顯出〈劍閣銘〉的革變意義。劍閣一開始是透過遠近南北的地標被定位為蜀地門戶，然而到了「開自有晉」，劍閣、蜀地，連同四周的地標皆籠括在晉朝的統治範圍內，「土之外區」進入「國家──地方」、「中央──邊陲」的關係中，都成為君主所有權的一部分。劍閣作為土地上的資產，且具有長久的重要性，在於藉由形容詞、比較法構築的「險峻」，乃至於加入歷史視野後浮顯的深富軍事政治價值的「險固」。〈劍閣銘〉中的「劍閣」除了是銘文的載體，也屬於有理地治國背景的「山川」論述，是中國傳統政治文化中地理論述的一部分[3]。當〈劍閣銘〉看似竭力建立劍閣的「險峻──險固」而與政權的「固──興」隱然共構成「險──固──興」的整幅視域，卻一舉予以拆解──「興實在德，險亦難恃」同時另外啟動了「德──興」的正當連結。《文心雕龍·銘箴》推崇〈劍閣銘〉為理想體式篇章，劉勰稱「其才清采……勒銘岷漢，得其宜矣」[4]，銘文與載體之間關係相「宜」顯然是關鍵之一，所謂的「宜」就不只代表符合「事切其物」的期待，也包孕著對於〈劍閣銘〉在銘文「物──事」關係上創發的許可。

從銘文書寫的傳統來看，〈劍閣銘〉或許有相當的新變之功，但探究其思想內容，實則前有所承。〈劍閣銘〉的轉折關鍵便在於使用吳起於西河諫魏武侯的事典，而且比較接近《史記》的版本而不是《戰國策》：

2　（梁）蕭統編，（唐）李善注：《文選》（上海：上海古籍出版社，1986），卷 56，頁 2410-2412。

3　鄭毓瑜：〈身體行動與地理種類──謝靈運《山居賦》與晉宋時期的「山川」、「山水」論述〉，《文本風景》（臺北：麥田，2014），頁 351-356。

4　（梁）劉勰著，周振甫注：《文心雕龍注釋》（臺北：里仁，1984 年），頁 200。

武侯浮西河而下，中流，顧而謂吳起曰：「美哉乎山河之固，此魏國之寶也！」起對曰：「在德不在險。昔三苗氏左洞庭，右彭蠡，德義不修，禹滅之。夏桀之居，左河濟，右泰華，伊闕在其南，羊腸在其北，修政不仁，湯放之。殷紂之國，左孟門，右太行，常山在其北，大河經其南，修政不德，武王殺之。由此觀之，在德不在險。若君不修德，舟中之人盡為敵國也。」武侯曰：「善。」[5]

《史記》中的「山河之固」、「洞庭」、「孟門」幾個辭彙，都被〈劍閣銘〉採用，最重要的「在德不在險」更是《戰國策》[6]所無。姑且以吳起為據點稍探源流，這個「德——固」論述或可溯至周代相對於「武功」的「文德」觀念[7]；往下有《孟子》「天時不如地利，地利不如人和……固國不以

5　（漢）司馬遷撰，（劉宋）裴駰集解，（唐）司馬貞索隱，（唐）張守節正義：《史記》（臺北：鼎文書局，1981），卷65〈孫子吳起列傳〉，頁2166-2167。

6　魏武侯與諸大夫浮於西河，稱曰：「河山之險，豈不亦信固哉！」王鍾侍王，曰：「此晉國之所以強也。若善修之，則霸王之業具矣。」吳起對曰：「吾君之言，危國之道也；而子又附之，是危也。」武侯忿然曰：「子之言有說乎？」吳起對曰：「河山之險，信不足保也；是伯王之業，不從此也。昔者，三苗之居，左彭蠡之波，右有洞庭之水，文山在其南，而衡山在其北。恃此險也，為政不善，而禹放逐之。夫夏桀之國，左天門之陰，而右天溪之陽，廬、𪨶在其北，伊、洛出其南。有此險也，然為政不善，而湯伐之。殷紂之國，左孟門而右漳、釜，前帶河，後被山。有此險也，然為政不善，而武王伐之。且君親從臣而勝降城，城非不高也，人民非不眾也，然而可得并者，政惡故也。從是觀之，地形險阻，奚足以霸王矣！」武侯曰：「善。吾乃今日聞聖人之言也！西河之政，專委之子矣。」見（漢）劉向：《戰國策》（上海：上海古籍出版社，1978），卷22〈魏策一〉，頁781-783。

7　「文德」的概念可參丁亮：《無名與正名——論中國上中古名實問題的文化作用與發展》（臺中：東海大學中國文學博士論文，2003），頁39-47。頁41說到：「就整個社會文化而言，所謂『文德』，乃是與武功並舉的一種治國理念與手段。是以『文德』與『武功』往往作為一組相對的政治手段而共同出現在古人之論述中……武功治國是以武力為後盾強迫人民遵守統治者之意志的高壓手段，而文德治國則是以德為根本引誘人民遵守國家制度的懷柔手段……亦即正德、利用、厚生的傳統……在文德中不採武力高壓為政，是以為知識分子所欣賞，故孔子謂『郁郁乎文哉！吾從周』，自此以後，文德也就成為一普遍性的文化內涵了。」

山谿之險……得道者多助，失道者寡助」[8]、擇取或改動吳起之論的《史記》；西漢中期《鹽鐵論》設立〈險固〉一章記錄大夫與文學兩方針對設險固邊與否的辯論，文學一方便主張「在德不在固」、「地利不如人和，武力不如文德。周之致遠，不以地利，以人和也。百世不奪，非以險，以德也」[9]、「阻險不如阻義……衝隆不足為強，高城不足為固。行善則昌，行惡則亡」[10]；西漢晚期，整編過《戰國策》的劉向將吳起之論納進《說苑》時，選取與《史記》雷同的材料，歸入〈貴德〉一章[11]；揚雄《法言》所取的材料來源可能也類似，還評論了吳起不知以「在德不在固」之義治兵[12]；直到陸機入洛前寫〈辨亡論〉[13]，析論孫吳滅亡原由，亦引用「在德不在險」，並放在綜合了《孟子》「天時不如地利，地利不如人和」與《荀子》「天有其時，地有其財，人有其治」[14]的框架中，總結孫吳亡於用人之失[15]。通過以上概略的勾勒，不難看出從先秦到西晉〈劍閣銘〉，山川之險

8　（東周）孟子：《孟子注疏》（臺北：藝文印書館，1965，十三經注疏本），〈公孫丑下〉，頁 72-1。

9　王利器校注：《鹽鐵論》（北京：中華書局，1992），卷 9〈險固〉，頁 525。

10　同前註，頁 526。

11　盧元駿註譯：《說苑》（臺北：商務印書館，1988），卷 5〈貴德〉，頁 131。

12　汪榮寶撰，陳仲夫點校：《法言義疏》（北京：中華書局，1987），卷 7〈寡見〉，頁 230-232。

13　姜劍雲繫於太康二年（281），見姜劍雲：《太康文學研究》（北京：中華，2003），頁 338。

14　「天有其時，地有其財，人有其治，夫是之謂能參。舍其所以參，而願其所參，則惑矣。」見（清）王先謙撰，沈嘯寰、王星賢點校：《荀子集解》（北京：中華書局，1988），卷 11〈天論〉，頁 308。

15　易曰：「湯武革命，順乎天。」玄曰：「亂不極則治不形。」言帝王之因天時也。古人有言曰：「天時不如地利。」易曰：「王侯設險，以守其國。」言為國之恃險也。又曰：「地利不如人和。」「在德不在險。」言守險之由人也。吳之興也，參而由焉，孫卿所謂合其參者也。及其亡也，恃險而已，又孫卿所謂舍其參者也。夫四州之萌非無眾也，大江之南非乏俊也，山川之險易守也，勁利之器易用也，先政之策易循也。功不興而禍遘者，何哉？所以用之者失也。見（梁）蕭統編，（唐）李善注：《文選》（上海：上海古籍出版社，1986），卷 53〈辨亡論〉，頁 2326。

可恃與不可恃，或者說「險——固」與「德——固」論述，一直並存而對立，〈劍閣銘〉就以兩個對立面所交集的「劍閣」為樞紐，完成論述的渡換。

　　將〈劍閣銘〉置於警戒性銘文傳統中檢視，除了在「物——事」關係上不同於以往只專注建構相切的連結，而一併展現了建構與解構，還有一點根本的不同，即警戒對象的差異，這會使「物——事」關係如何達成警戒效果也有所不同。暫且不論外延效應，當警戒對象是自己時，警戒的內容已先獲得自己認同，每次觀看的時候，「物——事」在同一視域內彷彿一個相互促進的循環系統為此認同保溫，維持警戒的效果。如果是警戒他人，首先就沒有認同的基礎，因此如何（透過「物——事」關係）說服警戒對象成為首要問題，下一步才是如何戒護所戒。有趣的是，〈劍閣銘〉不論是建立「險——固」論述或予以拆解，都運用同樣的策略——以史為鑒。前以田肯向漢高帝獻策分析秦齊形勝之事為類比，劍閣形勢險固甚至有過之而無不及；後以吳起於西河諫魏武侯與諫言中恃險無德而滅的諸例（「洞庭孟門，二國不祀」可視為代表），以及直接與蜀地相關的公孫述、劉禪之亡，作為「覆車之軌」。其實吳起也是訴諸歷史教訓，不管在《戰國策》或《史記》的版本。《鹽鐵論・險固》可作為一個鮮明呈現對立論述往來抗衡的例子，任一方皆是借鏡歷史成就己論。因此，〈劍閣銘〉實乃重疊地體現了中國人「以史為鑒」的觀念，這種觀念認為歷史是現實生活的全能導師，通過毫無保留地借鑒過去，以實現指導世界宏偉而現實的目的[16]。〈劍閣銘〉在歷史之鏡所映照的道德教訓上，又推出「天命」[17]，兩者結合成為說服、警戒他人的最終效力保證。

16　伍安祖、王晴佳著，孫衛國、秦麗譯：《世鑒：中國傳統史學》（北京：中國人民大學，2014），頁 12、16。

17　中國早期的「歷史」與「天命」的關係，可參前註，頁 8-17。

〈劍閣銘〉刊刻於劍閣，對於往來出入劍閣的人固然可收長久的、時常提醒的效果，但仔細推敲王隱、臧榮緒和唐修的《晉書》：

> 刺史張敏表之天子，命刻石於劍閣。[18]

> 益州刺史張敏見而奇之，乃表上其文，世祖遣使鐫石記焉。[19]

> 載以蜀人恃險好亂，因著銘以作誡……益州刺史張敏見而奇之，乃表上其文，武帝遣使鐫之於劍閣山焉。[20]

從三個記載都會發現張載寫〈劍閣銘〉與益州刺史張敏表上、刻石之間，存在著一個間隙，質言之，在張敏表上之前，張載並沒有鐫刻的打算。如果起初鐫刻不在計畫內，那麼張載事實上是認為藉由竹簡、布帛或紙張等載體閱讀銘文本身即可達到警戒目的，歷史與天命便有足夠的效果保證，不用借助劍閣附近易於接近和看見的山石。這裡引生出的問題是：其一，〈劍閣銘〉最後一句「勒銘山阿，敢告梁益」就有可能是後來為了刊刻加上的。那麼有沒有這一句的差別是什麼？其二，「益州刺史張敏見而奇之，乃表上其文，晉武帝遣使鐫之於劍閣山焉」，毋寧對聲望不顯的張載產生某些延譽功能，銘文得獲國家背書，顯然警戒內容與國家立場有一致處，警戒的權威也增添了國家的層次。反過來說。為何國家願意鏤刻當時名聲實微的張載的作品？張載的寫作動機與國家的刊刻理由處於怎麼樣的歷史語境？

18　（東晉）王隱：《晉書》，卷7〈張載傳〉，收入（清）湯球：《九家舊晉書輯本》（北京：中華書局，1985），頁298。

19　（齊）臧榮緒：《晉書》，卷10〈張載傳〉，收入同註18，頁107。

20　（唐）房玄齡：《晉書》（臺北：鼎文書局，1980），卷55〈張載傳〉，頁1516-1517。

　　如果〈劍閣銘〉寫於太康三年（282A.D.）[21]，距離西晉滅吳一統（280A.D.）不久，時逢清平，梁益並非當時戰略重地[22]，亦無大亂促發寫作，「蜀人恃險好亂」於張載不過是歷史舊聞，或許行經劍閣引發歷史感慨而作此銘的可能性較大。〈劍閣銘〉雖然針對蜀地警戒勿「憑阻作昏」，但有能力「作昏」者通常不是一般平民，銘文中提到的例子如公孫述、劉禪或吳起之論所含涉的先秦諸國，均為官吏、君主之流，不妨推想，〈劍閣銘〉的寫成至少會使時任蜀郡太守的張載之父與其上司益州刺史張敏，陷於一個忠貞受質疑的態勢。「世濁則逆，道清斯順。閉由往漢，開自有晉」看似頌晉，卻隱含蜀地未來的治亂與晉政清濁脫不了關係，將國家也納入警戒對象。益州刺史張敏讀到〈劍閣銘〉時，奇不奇是一回事，表上其文是讓自己申明忠貞的絕佳選擇。武帝遣使鐫之，一來肯認了張敏與其下屬，二來自表時政清明，三來擺出廣納諫言的胸襟，四來可提升張載聲價同時塑造禮賢的形象，五來於一統後安鎮邊疆。

　　若是為了刊刻而加上「勒銘山阿，敢告梁益」，〈劍閣銘〉就與箴文傳統有了交融。箴文結尾往往仿〈虞箴〉「獸臣司原，敢告僕夫」之類[23]，之所以「敢告僕夫」，是因為「不敢斥尊」[24]而委婉進諫。揚雄仿〈虞箴〉作

21　據姜劍雲考證，〈劍閣銘〉最有可能作於太康六年，或太康三至六年間。但從所引資料判斷，張載之父張收（牧）於太康初年至三年任蜀郡太守，張敏於太康三年至六年任益州刺史，若〈劍閣銘〉如臧榮緒與唐修《晉書》所言，於張收（牧）任蜀郡太守、張敏任益州刺史時所作，則只可能作於太康三年。參姜劍雲：《太康文學研究》（北京：中華，2003 年），頁 227-232。

22　「三年，更以益、梁州為輕州。」見（晉）常璩撰，任乃強校注：《華陽國志校補圖注》（上海：上海古籍出版社，1987），卷 8〈大同志〉，頁 440。

23　《文章辨體序說》：「古有夏商二箴，見于《尚書大傳解》、《呂氏春秋》，而殘缺不全，獨周太史辛甲命百官官箴王闕，而虞氏掌獵為〈虞箴〉，其辭備載《左傳》。後之作者，蓋本于此。東萊云：凡作箴，須用官箴王闕之意，箴尾須依〈虞箴〉『獸臣司原，敢告僕夫』之類。」見（明）吳訥《文體序說三種・文章辨體序說》（臺北：大安出版社，1998），頁 58。

24　杜預的注解。見（晉）杜預注，（唐）孔穎達疏：《左傳注疏》（臺北：藝文印書館，

十二州箴——包含〈益州箴〉，也許是最近似〈劍閣銘〉的箴文——都以
「敢告……」收尾，〈益州箴〉曰：

> 巖巖岷山，古曰梁州。華陽西極，黑水南流。茫茫洪波，蘇墟降
> 陸。於時八都，厥民不隩。禹導江沱，岷嶓啓乾。遠近厎貢，磬錯
> 砮丹。絲麻條暢，有粳有稻。自京徂畛，民攸溫飽。帝有桀紂，湎
> 沈顛僻。過絕苗民，減夏殷績。爰周受命，復古之常。幽属夷業，
> 破絕為荒。秦作無道，三方潰叛。義兵征暴，遂國於漢。拓開疆
> 宇，恢梁之野。列為十二，光羨虞夏。牧臣司梁，是職是圖。經營
> 盛衰，敢告士夫。[25]

像〈劍閣銘〉一樣，〈益州箴〉一開始以四周地理形勢為益州定位，接著
敘述歷朝經營盛衰直到漢朝「恢梁之野」，以益州執政者的角度向君王進
言，以古鑒今仍是以君王或官員為對象的箴文主要的諷諫策略[26]。「勒銘
山阿，敢告梁益」使〈劍閣銘〉更明顯地融入箴文傳統，婉轉含蓄，惟張
載並非司職於蜀地，警戒對象從「梁益」迂迴地指向梁益之上的政權，也
因而繞過了益州的執政者。

《文心雕龍·銘箴》評〈劍閣銘〉：「唯張載劍閣，其才清采。迅足駸
駸，後發前至，勒銘岷漢，得其宜矣」[27]。從「物——事」關係的角度，
或許可以了解「後發先至」的理由之一，乃在於〈劍閣銘〉既承襲又突破
以往，由建構連結轉向解構。〈劍閣銘〉的警戒對象指向了他人，也使其
警戒策略映現前人借鑒過去的做法，依然相信亮出一面慣用的史鏡足以輝

　　　1965，十三經注疏本），〈襄公四年〉，頁508-1。

25　（唐）歐陽詢《藝文類聚》（上海：上海古籍，2007），卷6，頁115。

26　參陳必祥：《古代散文文體概論》（臺北：文史哲，1987年），頁172。

27　（梁）劉勰著，周振甫注：《文心雕龍注釋》（臺北：里仁，1984年），頁200。

耀禦過，不變的天命將有效導正進德之路。〈劍閣銘〉的刊刻，一方面倚靠劍閣山石不朽之信念，一方面使其易於接近看見，發揮時時提醒的警戒效果。而從未刻到刊刻之間的距離，或可開鑿新的討論空間，呈現警戒對象之游移軌跡，以及與箴文發展的互動，得以一窺〈劍閣銘〉所在的歷史語境與文體環境。

險畏體驗與險境會聚

《文心雕龍‧銘箴》並未舉出其他警戒性山／水銘文，例如褚斌杰、劉玉珺提到的鮑照〈石帆銘〉。陳必祥認為〈石帆銘〉「僅是贊頌自然景色，類似寫景文」[28]，而褚、劉二人從「涉川之利，謂易則難；臨淵之戒，曰危乃安」和「川吏掌津，敢告訪途」推測，前者保守認為：「似乎也寓有某些戒世之意」[29]，後者肯定道：「依然寓有某些戒世之意，仍可找尋到張載〈劍閣銘〉的影子（按：指警戒之意）」[30]。〈石帆銘〉前三分之一（「應風剖流」至「鬱浪雷沈」），即陳必祥所見之寫景部分，後三分之二便為是否構成「警戒」的關鍵：

> 應風剖流，息石橫波，下深地紖，上獵星羅。吐湘引漢，歃蠡吞沱，西歷岷冢，北瀉淮河。眇森弘藹，積廣連深，淪天測際，亘海窮陰。雲旌未起，風柯不吟；崩濤山墜，鬱浪雷沈。在昔鴻荒，刊啟源陸。表裏民邦，經緯鳥服，瞻貞視晦，坎水巽木，乃刻乃鏟，

28　陳必祥：《古代散文文體概論》（臺北：文史哲，1987 年），頁 178。

29　褚斌杰：《中國古代文體學》（臺北：學生，1991 年），頁 435。

30　劉玉珺：《先唐銘文研究》（桂林：廣西師範大學中國古代文學碩士論文，2002），頁 15。

> 既刊既跡，飛深浮遠，巢潭館谷。涉川之利，謂易則難；臨淵之
> 戒，曰危乃安。泊潛輕濟，冥表勤言，穆戎遂留，留御不還，徒悲
> 猿鵠，空駕滄煙。君子彼想，祗心載惕。林簡松梧，水採龍鷗。晛
> 氣涉潮，投祭涵璧，揆檢舍圖，命辰定歷。二嶠虎口，周王夙趨，
> 九折羊腸，漢惡電驅。潛鱗浮翼，爭景乘虛，衡石頹鱨，帝子察
> 俎，青山斷河，后父沉軀。川吏掌津，敢告訪途。[31]

「應風剖流」至「鬱浪雷沈」一段，同樣是書寫山水之「險」，與〈劍閣銘〉
最根本的差異，在於體現了東晉以來由寓目身觀、親歷經驗所營造出的新
的地理類別，形成一套新的名物連類方式，在這「山水」論述中，不像
〈劍閣銘〉主要運用一般（狹、高、險、峻）或疊字（巖巖、峨峨）形容
詞、量詞（千仞）、比較法（「狹過彭碣，高踰嵩華」、「窮地之險，極路
之峻」）來描述狀態，而是以視覺、聽覺聯繫名物，透過風水與山石的交
應碰撞，流向的止轉，浪花大起大落和聲響，將險峻、危險體現出來[32]。
銘文中關於山水的「危險」書寫，也許最早可以追溯到東漢延熹二年三月
初的〈張休崕浹銘〉：

> 太山雖高，無得而擬。劍道雖險，孰可為比。吁嗟此山，高且險
> 只。上眂彼蒼，相去能幾。宜乎昆侖，日月所蔽。行人過茲，鮮
> 不垂涕。深念于斯，刊銘崕浹。東漢延熹二年三月初□□□□張
> 休。[33]

31　（劉宋）鮑照著，丁福林、叢玲玲校注：《鮑照集校注》（北京：中華書局，2012），頁
　　971。

32　人身動作如何轉化名物辨識或聯繫的模式，可參鄭毓瑜：〈身體行動與地理種類──謝
　　靈運《山居賦》與晉宋時期的「山川」、「山水」論述〉，《文本風景》（臺北：麥田，
　　2014），頁362-380。

33　（宋）洪適：《隸續》（北京：中華書局，1985），卷19，頁443。

《隸續》以此為「磨崖險路銘」，不難看出也是以形容詞「高」、「險」，以及與泰山、劍道、蒼天、昆侖比較的方式，來描述行經此路的危險。然而「行人過茲，鮮不垂涕」揭露了身體感知的參與，這與上古辭賦中垂淚汗出的悲愁或恐懼狀態何其相似，或許都是身心整體的臨界狀態，換言之，〈張休崖涘銘〉還描述了多數人對於危險的體驗，那是人身在山路高險的邊界，牽引於環境的體氣收放[34]。從「深念于斯，刊銘崖涘」看來，既將危險的體驗作為刊銘的動因，那麼似乎可以說，乃是藉由這種身體感知的極限狀態來發揮警戒的效用，提醒行人慎行或止步。

回過頭來看，〈石帆銘〉所揭露的身體參與，明顯與東晉以來興盛的結合遊賞和封佔山澤的寓目美觀、窮究歷覽，和其改造的名物連類系統有關，但亦應該注意到李豐楙的觀察，這類身體行動具有更早的源頭──自東漢末，渡江南下的士人開始增多，面對逐漸被開發的江南世界，相對於一般文人悠遊於已被馴化了的自然，「道教修行者所欲探秘的，則是較未開發的自然界中存在的洞窟，在他們的眼中這才是道之著象、氣之分形」[35]。一個「尚未被命名、馴化的世界，就表示還處於未知的危險狀態」[36]。道教中人才是真正的探險者，「但憑一己之力而借助於登涉之術，進入洞窟之內作開拓性的歷險行動」[37]。像謝靈運這種探求之秘的自然再發現，「從緯書地理到道教地理既已相繼的開發，傳承了包山隱居一類方士的歷險傳奇，才會有這類開啟自然之秘的個別探險行動，因為勞師動眾以致驚動官府，而原本只是修行者選擇隱密的洞府作神聖、神秘之

34　先秦兩漢「體氣」與「抒情」的關係，可參鄭毓瑜：〈「體氣」與「抒情」說〉，《引譬連類：文學研究的關鍵詞》（臺北：聯經，2012），頁 62-103。

35　李豐楙：〈遊觀與內景：二至四世紀江南道教的內向超越〉，收入劉苑如編：《遊觀──作為身體技藝的中古文學與宗教》（臺北：中研院文哲所，2009），頁 225。

36　李豐楙：〈洞天與內景：西元二至五世紀江南道教的內向遊觀〉，收入劉苑如編：《體現自然──意象與文化實踐》（臺北：中研院文哲所，2012），頁 45。

37　同前註。

行」[38]。鮑照山水詩文不乏「危險」書寫，即使鮑照並非道教修行者[39]，也不能忽略這個背景的影響，何況〈石帆銘〉所寫的「石帆」，除了一般習指的位於武陵舞陽縣，危起若數百幅帆的石帆山，亦可能指湘陰縣屈潭之左，又名玉笥山、地腳山，屬於道教福地之一[40]。

38　李豐楙：〈洞天與內景：西元二至五世紀江南道教的內向遊觀〉，收入劉苑如編：《體現自然——意象與文化實踐》（臺北：中研院文哲所，2012），頁41-42。

39　鮑照一生多活動在道教興盛的江蘇一帶，也許受道教影響而服食藥、草，但也可能只是當時人的普遍習慣，不太可能是真正的道教徒或佛教徒。可參蘇瑞隆：《鮑照詩文研究》（北京：中華書局，2006），頁38-41。

40　查詢中國歷史地名大辭典，和以「石帆」搜尋中國方志庫，可以歸納出七個不同地點的「石帆」山：一、江蘇六合縣，二、浙江青田縣，三、浙江紹興縣，四、浙江海鹽縣，五、福建將樂縣，六、湖南湘陰縣的玉笥山，七、湖南芷江縣（盛弘之《荊州記》之武陵舞陽）。

許槤《六朝文絜箋注》與錢振倫皆引盛弘之《荊州記》為注：「武陵舞陽縣有石帆山，若數百幅帆」，錢振倫又引宋書臨川王道規傳：「臨海王子頊為荊州，照為前軍參軍，掌書記之任」，認為「此銘當在荊州時作」。錢仲聯〈鮑照年表〉據之定此銘為孝武帝大明七年（463A.D.）時作。丁福林、叢玲玲對此有疑，考證武郡之舞陽縣於宋孝武帝孝建元年（454A.D.）前屬荊州，孝建元年後則改為潁州之屬郡，盛弘之以武陵歸之於荊州，應該是孝建元年前之地理建置，鮑照隨子頊在荊州期間，當時武陵並非荊州之屬郡，也不在子頊之統轄範圍內，因此認為至舞陽觀石帆山而作此銘之可能性極小。丁福林、叢玲玲以為，鮑照隨劉義慶在荊州時，武陵尚屬荊州，當有去武陵舞陽之機會，定此銘作於元嘉十三年（436A.D.）至十六年（439A.D.）之間。

顏慶餘認為以上皆非，理由之一是銘文中的水景非小江小河足以當之，引《讀史方輿紀要》卷二三〈南直五〉曰：「瓜步山，縣西四十七里，與六合縣接界處也。又有小帆山，在瓜步東，矗起大江東，一名石帆山」，以及南宋王象之《輿地碑記目》卷二《真州碑記》：「〈石帆銘〉，宋中書舍人鮑昭文」，判斷鮑照之石帆位於長江北岸的儀徵，鄰近瓜步山，才有可能符合銘文描寫的水景。既靠近瓜步山，顏慶餘認為〈石帆銘〉寫作時間應與〈瓜步山楬文〉同年，繫於元嘉二十九年（452A.D.）。

不知何時起，這與瓜步山相鄰的石帆山，開始被認為與鮑照相關，《六合縣志》現存最早的明嘉靖本，其中「小帆山」條載：「在縣東南四十里大江中，高九丈，廣半里，插江特出，若片帆然。一名礬山，以其色白如礬。上有落帆將軍廟，北有出佛洞，《寰宇記》云小石山，即小帆山也，又名石帆堆。宋鮑照有〈石帆銘〉」。歷代《六合縣志》收入不少寫石帆的詩文，明人孫國敉〈登石帆山記〉也許最為清楚：「石帆山者，余六合瓜步江中一拳石之多耳……鮑明遠勒□其上有曰：『下瀁地軸，上獵星羅。牽湘引漢，欲蠡吞沱，西歷岷冢，北瀉淮河。渝天測際，亙海窮陰。崩濤山逐，鬱浪雷沉。』……顧自鮑明遠後，千數百年未聞嗣想，詎不令山靈笑人哉？」

若從〈石帆銘〉對石帆的地理定位：「吐湘引漢，歙蠡吞沱，西歷岷冢，北瀉淮河」推

現在沒有更多資料能進一步證明鮑照有強烈的修行動機或探險意識，而從〈石帆銘〉全文、生平記載和其他作品推測，與銘文最直接明白相關的情境無非是行旅。如果要闡明此點，並看出銘文前三分之一的危險山水

敲，石帆山只有兩個可能，其一為盛弘之《荊州記》的武陵舞陽，現代學者劉文忠也曾注意到此點，那麼〈石帆銘〉便為鮑照於荊州時作。其二，湖南湘陰縣的玉笥山也在這個範圍內，《水經注疏‧湘水》：「汨水又西逕玉笥山，羅含《湘中記》云：屈潭之左有玉笥山，道士遺言，此福地也。一曰地腳山。」會貞按：「《方輿勝覽》引甄烈《湘州記》，屈潭之左有玉笥山，屈平之放，棲於此山，而作《九歌》焉。《元和志》，在湘陰縣東北七十五里。在今湘縣陰東北，一名石帆山。」如果是湘陰縣的玉笥山，擄丁福林《鮑照年譜》所考訂之鮑照生平，至少可能有五個時間點經過這座長江附近的山：一、元嘉十二年（435A.D.）自建康經大雷至江陵，二、元嘉十六年（439A.D.）自江陵至尋陽，三、大明二年（458A.D.）自秣陵至永安，四、大明五年（461A.D.）自永安至吳興，五、大明六年（462A.D.）自吳興經建康、武昌至江陵。關於永安的位置有兩種可能，一在荊州之南河東郡，在今湖北松滋縣；二在益州之宋寧郡，丁福林〈鮑照評傳〉認為根據現有材料難以曜定，而比較可能是在益州之宋寧郡。蘇瑞隆《鮑照詩文研究》則表示鮑照的生平紀錄無法顯示他曾到過四川，因此最可能是在今湖北松滋。但不論在四川或湖北，都有可能經過玉笥山。假如〈石帆銘〉拓本為真，銘文應最晚作於拓本所稱的元嘉十七年（440A.D.）三月十六日前。武陵舞陽的石帆山「若數百幅帆」，湘陰的石帆山似乎則沒有這樣繁複的山勢，〈石帆銘〉形容石帆：「眇森弘藹，積廣連深」，語義雖有模糊空間，殆似數百幅帆的風貌？

以上相關出處見鄭樑生、吳文星、葉劉仙相編譯：《中國歷史地名大辭典》（臺北：三通圖書，1984），頁115。史為樂主編：《中國歷史地名大辭典》（北京：中國社會科學出版社，2005），頁579。《中國方志庫‧初集》（北京：愛如生數字化技術研究中心，2010）。（清）許槤評選，梨經語箋注：《六朝文絜箋注》（香港：中華書局香港分局，1987），頁153。錢振倫注釋見（劉宋）鮑照著，錢仲聯增補集說校：《鮑參軍集注》（上海：上海古籍，2005），頁127。錢仲聯：〈鮑照年表〉，《鮑參軍集注》（上海：上海古籍，2005），頁436。（劉宋）鮑照著，丁福林、叢玲玲校注：《鮑照集校注》（北京：中華書局，2012），頁969-970。顏慶餘：〈鮑照《石帆銘》繫年辨正（上）〉，《中華文史論叢》118期（2015年2月），頁78。顏慶餘：〈鮑照《石帆銘》繫年辨正（下）〉，《中華文史論叢》118期（2015年2月），頁138。（明）董邦政修，（明）黃紹文纂：（嘉靖）《六合縣志》，收入《中國方志庫‧初集》（北京：愛如生數字化技術研究中心，2010），卷1「小帆山」，頁41。孫國敉〈登石帆山記〉見（清）劉慶雲修，（清）孫宗岱纂：（順治）《六合縣志》卷10，收入《天春園藏善本方志選編》（北京：學苑，2009），冊49，頁106-108。劉文忠：《鮑照和庾信》（臺北：群玉堂，1991），頁53。（後魏）酈道元注，楊守敬、熊會貞疏，段照仲點校，陳橋驛復校：《水經注疏》（南京：江蘇古籍，1989），卷38〈湘水〉，頁666。丁福林：《鮑照年譜》（上海：上海古籍，2004）。丁福林：〈鮑照評傳〉，《鮑照集校注》（北京：中華書局，2012），頁1081-1082。蘇瑞隆：《鮑照詩文研究》（北京：中華書局，2006），頁2，註1。

在全文中是被放在怎麼樣的總集合裡，首先就需要深入考察佈滿「在昔鴻荒」至「敢告訪途」之間的典故和指涉，也才能使銘文中「物——事」的連結關係浮顯出來。

在刻畫完石帆的形勢之後，鮑照接連串起各種「危險」的例子，第一是鴻荒之世的開發情形：「在昔鴻荒，刊啟源陸。表裏民邦，經緯鳥服，瞻貞視晦，坎水巽木，乃剡乃鏟，既剡既斲，飛深浮遠，巢潭館谷」，質野的山川、政體皆處於拓展初期，然而「涉川之利，謂易則難；臨淵之戒，曰危乃安」，這樣的並比似乎暗示乘舟涉川、居止潭谷的危險程度，較小人的危殆[41]甚有過之。其次，對於「泊潛輕濟，冥表勤言」，錢振倫疑「泊」當作「汨」，指屈原自投之汨羅[42]，那麼便可能分說兩事，前句為讒言政爭之危禍，後句是冥（夏代水官）勤職殉公的職業意外災害[43]。若維持「泊」字不改動的話，其實也可合併言之，單指冥殷勤往來水上。再次，「穆戎遂留，留御不還，徒悲猿鵠，空駕滄煙」[44]，涉及周穆王南征，

41　「臨淵之戒」應典出《詩經・小雅・小旻》：「不敢暴虎，不敢馮河。人知其一，莫知其他。戰戰兢兢，如臨深淵，如履薄冰。」鄭箋：「人皆知暴虎、馮河立至之害，而無知當愼慎小人能危亡也。」正義曰：「唯知此暴虎馮河一事非，而不知……不敬小人之危殆也。小人惡直醜正，故不敬則危。」見（漢）毛亨傳，鄭玄箋，（唐）孔穎達疏：《毛詩注疏》（臺北：藝文印書館，1965，十三經注疏本），〈小旻〉，頁 414-1。

42　（劉宋）鮑照著，錢仲聯增補集說校：《鮑參軍集注》（上海：上海古籍，2005），頁 128。

43　錢振倫引《禮記・祭法》為注：「冥勤其官而水死」，同註 42，頁 128。另可參鄭玄注：「冥，契六世之孫也，其官玄冥，水官也。」見（漢）鄭玄注，（唐）孔穎達疏：《禮記注疏》（臺北：藝文印書館，1965，十三經注疏本），卷 46〈祭法〉，頁 803-1。《史記三家注・殷本紀》集解宋忠曰：「冥為司空，勤其官事，死於水中，殷人郊之。」見（漢）司馬遷撰，（劉宋）裴駰集解，（唐）司馬貞索隱，（唐）張守節正義：《史記》（臺北：鼎文書局，1981），卷 3〈殷本紀〉，頁 92。《國語・魯語上》展禽云：「冥勤其官而水死。」韋昭注：「冥，契后六世孫，根圉之子也，為夏代水官，勤於其職而死於水也。」見《國語》（上海：上海古籍出版社，1978），卷 4〈魯語上〉，頁 164。

44　「留御不還」，張溥本、《藝文類聚》作「昭御不還」。「徒悲猿鵠」，張溥本、四庫本、《藝文類聚》、《宋文紀》作「鶴」。見（劉宋）鮑照著，丁福林、叢玲玲校注：《鮑照集校注》（北京：中華書局，2012），頁 972。

一軍盡化，君子化為猿鶴（或鵠），小人為蟲（或泥）沙之典[45]；以及周昭王南征失利而返，溺死於漢水[46]，兩著合言大抵接近戰爭隕亡的危險。接下來「君子彼想，祗心載愓」既將上文收束，亦開啟下文。孫德謙《六朝麗指》以為「君子彼想」恐是「想彼君子」，乃顛倒文句以期其新奇[47]，也就是說，以上諸君的險境皆令人顫懼，以下則是面對險懼的反應。由於

45　錢振倫引《抱朴子》：「周穆王南征，一軍盡化，君子為猿鶴，小人為沙蟲。」見（劉宋）鮑照著，錢仲聯增補集說校：《鮑參軍集注》（上海：上海古籍，2005），頁 128-129。丁福林、叢玲玲指出今傳《抱朴子》不作周穆王事，見（劉宋）鮑照著，丁福林、叢玲玲校注：《鮑照集校注》（北京：中華書局，2012），頁 976。《藝文類聚》、《太平御覽》所引之《抱朴子》，文字略有出入。《藝文類聚·鶴》：「周穆王南征，一軍盡化，君子為猿為鶴，小人為蟲為沙。」見（唐）歐陽詢：《藝文類聚》（上海：上海古籍，2007），卷 90〈鳥部上·鶴〉，頁 1563-1564。《藝文類聚·猿》：「周穆王南征，一軍皆化，君子為猿為鶴，小人為蟲為沙。」見卷 95〈獸部下·猿〉，頁 1652。《太平御覽·沙》：「穆王南征，一軍盡化，小人為蟲沙。」見（宋）李昉編：《太平御覽》（石家莊：河北教育，1994），卷 74〈地部三十九·沙〉，頁 644。《太平御覽·鶴》：「周穆王南征，一軍皆化：君子為猿為鶴，小人為蟲為沙。」見卷 916〈羽族部三·鶴〉，頁 331。《太平御覽·穆王》：「周穆王南征，一軍盡化，君子為猿、為鶴，小人為蟲、為沙。」見卷 85〈皇王部十·穆王〉，頁 738。《太平御覽·變化下》：「周穆王南征，一軍皆化。君子為猿為鶴，小人為蟲為沙。」見卷 888〈妖異部四·變化下〉，頁 122。《太平御覽·猿》：「周穆王南征，一軍皆化，君子為猿為鶴，小人為沙為泥。」見卷 910〈獸部二十二·猿〉，頁 278。

46　錢振倫引《左傳》僖公四年：「昭王南征而不復」為注，見（劉宋）鮑照著，錢仲聯增補集說校：《鮑參軍集注》（上海：上海古籍，2005），頁 129。周昭王南征回程死於漢水，有的認為是膠船解體，或橋梁壞敗。《史記·周本紀》：「昭王之時，王道微缺。昭王南巡狩不返，卒於江上。其卒不赴告，諱之也。」《史記正義》引《帝王世紀》：「昭王德衰，南征，濟於漢，船人惡之，以膠船進王，王御船至中流，膠液船解，王及祭公俱沒於水中而崩。其右辛游靡長臂且多力，游振得王，周人譚之。」見（漢）司馬遷撰，（劉宋）裴駰集解，（唐）司馬貞索隱，（唐）張守節正義：《史記》（臺北：鼎文書局，1981），卷 4〈周本紀〉，頁 134。《左傳·僖公四年》：「昭王南征而不復」，正義曰：「《呂氏春秋·季夏紀》云：周昭王親將征荊蠻，辛餘靡長且多力，為王右，還反涉漢，梁敗，王及祭公隕于漢中。」見（周）左丘明傳，（晉）杜預注，（唐）孔穎達疏：《左傳注疏》（臺北：藝文印書館，1965，十三經注疏本），〈僖公四年〉，頁 202-2。

47　見（劉宋）鮑照著，丁福林、叢玲玲校注：《鮑照集校注》（北京：中華書局，2012），頁 979。

「林簡松栝，水採龍鶬。覘氣涉潮，投祭涵璧，揆檢舍圖，命辰定歷」[48]主詞並不確定，可能之一是鮑照親身參與了一次山水祭祀，前文跋涉山水的危險正映照鮑照在審慎渡水投沈祭物的過程中所面臨的，或者鮑照鑑於上述危險，而採取了祭祀活動。可能之二是指黃帝沉璧於水所冒之險，結果是受河圖並考定星歷[49]，這與下文共同構成「危險而仍前進」的諸例。「二崤虎口，周王夙趨，九折羊腸，漢惡電驅」前半原指因為二崤是一人可阻百的險要之地，周文王通過時就像躲避風雨一樣加快速度[50]；後半用王尊、王陽行經九折阪，仍為盡忠、孝而前行之事[51]。前後合觀，應重在

48　「投祭涵璧」，張溥本、四庫本作「投祭沈璧」。「揆檢舍圖」，張溥本作「揆檢含圖」。同註47，頁972。

49　河圖洛書的傳說很多，惟符合沉璧受圖、命辰定歷的條件者，似乎只有黃帝。《水經注‧伊水》引《史記音義》曰：「鞏縣有鄏谷水者也。黃帝東巡河，過洛，脩壇沈璧，受《龍圖》于河，《龜書》于洛，赤文綠字。」(後魏) 酈道元注，楊守敬、熊會貞疏，段熙仲點校，陳橋驛復校：《水經注疏》(南京：江蘇古籍，1989)，卷15〈伊水〉，頁274。《史記‧曆書》：「蓋黃帝考定星曆，建立五行，起消息，正閏余。」見 (漢) 司馬遷撰，(劉宋) 裴駰集解，(唐) 司馬貞索隱，(唐) 張守節正義：《史記》(臺北：鼎文書局，1981)，卷26〈曆書〉，頁1256。丁福林、叢玲玲引《後漢書‧天文志》為注：「軒轅始受《河圖鬥苞授》，規日月星辰之象，故星官之書自黃帝始。」見 (劉宋) 鮑照著，丁福林、叢玲玲校注：《鮑照集校注》(北京：中華書局，2012)，頁977。

50　錢振倫引《左傳》僖公三十二年：「晉人禦師必於殽，殽有二陵焉，其南陵夏后臯之墓也，其北陵文王之所辟風雨也」為注，見 (劉宋) 鮑照著，錢仲聯增補集說校：《鮑參軍集注》(上海：上海古籍，2005)，頁129、45。杜預注：「兩山相嶔，故可以辟風雨。」正義則傾向何休對《公羊傳》的解釋，正義曰：「兩山參差相映，其下雨所不及，故可以辟風雨也。《公羊傳》曰：蹇叔送其子而戒之曰：爾即死，必於殽之巖巖，是文王之所辟風雨者也。此注言兩山相嶔故可以辟風雨者，杜氏此言或取公羊之意，嶔字蓋從山，但嶔巖是山之貌，而云相嶔，文亦不順，未能審杜意也。何休云：其處險阻隘，勢一人可要百，故文王過之驅馳，常若辟風雨」。見 (晉) 杜預注，(唐) 孔穎達疏：《左傳注疏》(臺北：藝文印書館，1965，十三經注疏本)，〈僖公三十二年〉，頁288-2。

51　「漢惡電驅」，張溥本、四庫本作「漢臣電驅」，似乎都可以說得通，見 (劉宋) 鮑照著，丁福林、叢玲玲校注：《鮑照集校注》(北京：中華書局，2012)，頁972。錢振倫引《漢書‧王尊傳》為注：「遷益州刺史。先是，琅邪王陽為益州刺史，行部至邛郲九折阪，歎曰：『奉先人遺體，奈何數乘此險！』後以病去。及尊為刺史，至其阪，問吏曰：『此非王陽所畏道邪？』吏對曰：『是。』尊叱其馭曰：『驅之！王陽為孝子，王尊為忠臣。』」見 (劉宋) 鮑照著，錢仲聯增補集說校：《鮑參軍集注》(上海：上海古籍，

傳達面對險途依舊直前的精神。「潛鱗浮翼，爭景乘虛」，可看作勇進的魚鳥，或與後文連讀，指涉鱝鱨、帝子、后父。「衡石鱝鱨，帝子察殂」至少有三種解讀方向：其一，指文鱨飛不過魚網而變為石頭[52]，帝子（舜的二妃或精衛）察訪虞舜死於湘水或游東海而溺[53]；其二，疑衡石指衡山，為二妃所葬之地[54]，那麼是說帝子（二妃）有如鱝鱨，尋舜而死於湘水，

2005），頁 129。「九折羊腸」在此偏取「九折」典故。

52　關於「衡石鱝鱨」，錢振倫引《山海經·大荒北經》：「大荒之中，有衡石山」、《山海經·西山經》：「是多文鱨魚，狀如鯉魚，魚身而鳥翼，蒼文而白首，赤喙，常行西海，遊於東海，以夜飛。其音如鸞雞，其味酸甘，食之已狂，見則天下大穰。」見（劉宋）鮑照著，錢仲聯增補集說校：《鮑參軍集注》（上海：上海古籍，2005），頁 130。但衡石與鱝鱨如何合而釋之？下面這則資料提供一個可能，《太平廣記·水族三·赤嶺溪》引《歙州圖經》：「歙州赤嶺下有大溪，俗傳昔有人造橫溪魚梁，魚不得下，半夜飛從此嶺過，其人遂於嶺上張網以捕之。魚有越網而過者，有飛不過而變為石者。今每雨，其石即赤，故謂之赤嶺，而浮梁縣得名因此。按《吳都賦》云：『文鱨夜飛而觸綸。』蓋此類也。」見（宋）李昉等編：《太平廣記》（北京：中華書局，1961），卷第 466〈水族三·赤嶺溪〉，頁 3843。

53　關於「帝子察殂」，錢振倫引《山海經·北山經》：「又北二百里，曰發鳩之山，其上多柘木。有鳥焉，其狀如烏，文首、白喙、赤足，名曰精衛，其鳴自詨。是炎帝之少女，名曰女娃，女娃遊于東海，溺而不返，故為精衛，常銜西山之木石，以堙於東海。」見（劉宋）鮑照著，錢仲聯增補集說校：《鮑參軍集注》（上海：上海古籍，2005），頁 130。似乎以「炎帝之少女」為「帝子」。王安石〈精衛〉也是以「精衛」為「帝子」的例證：「帝子銜冤久未平，區區微意欲何成。情知木石無雲補，待見桑田幾變更。」見北京大學古文獻研究所編：《全宋詩》（北京：北京大學出版社，1991），卷 570，頁 6734。錢仲聯與丁福林、叢玲玲則採不同解釋。錢仲聯補注引《山海經·中山經》：「洞庭之山……帝之二女居之，是常遊于江淵，澧沅之風，交瀟湘之淵，是在九江之間，出入必以飄風暴雨。」《楚辭·九歌·湘夫人》：「帝子降兮北渚。」《列女傳·母儀·有虞二妃》：「舜陟方，死於蒼梧，號曰重華。二妃死於江湘之間，俗謂之湘君。」以帝堯之二女、舜之二妃娥皇、女英為「帝子」。見（劉宋）鮑照著，錢仲聯增補集說校：《鮑參軍集注》（上海：上海古籍，2005），頁 130。丁福林、叢玲玲引「帝子降兮北渚」和王逸注：「帝子，謂堯女也……言堯二女娥皇、女英隨舜不反，墮於湘水之渚，因為湘夫人。」亦引《山海經·中山經》「帝之二女居之」云云，與錢仲聯看法相同。見（劉宋）鮑照著，丁福林、叢玲玲校注：《鮑照集校注》（北京：中華書局，2012），頁 977-978。

54　《史記》集解引皇甫謐曰：「或曰二妃葬衡山。」見（漢）司馬遷撰，（劉宋）裴駰集解，（唐）司馬貞索隱，（唐）張守節正義：《史記》（臺北：鼎文書局，1981），卷 1〈五帝本紀·帝舜〉，頁 44。

葬於衡山；其三，疑「衡」石為「衛」石，指銜石填海的精衛，整句便是精衛、文鰩、帝子（二妃或精衛皆通）都遭死難。總而言之，均在鋪陳走向危險，甚至死亡的情形。「青山斷河，后父沈軀」也至少可作三種詮釋：第一，青要之山南望為禹父所化之處，鯀因治水多年無績，自沉化為玄魚[55]；第二，華山與首陽山未被河神巨靈分開為二之前，本一山當河，黃河過之而曲行，鯀治黃河無績，自沉而化[56]；第三，竇太后父少遭秦亂，隱身漁釣，墜泉而死，太后遣使者填父所墜淵，築起大墳，人稱竇氏青山[57]。鯀為承責，竇太后父為意外，無論個別死因如何，最重要的是連通前後的，趨險不渝的理路。「川吏掌津，敢告訪途」一方面水神害馬的危險與前文連綴，卻虛懸了前進與否的決定[58]；另一方面，津吏的警告似

55　錢振倫引《山海經・中山經》：「又東十里，曰青要之山，實維帝之密都。北望河曲，是多駕鳥。南望墠渚，禹父之所化，是多僕累、蒲盧。」乃以「青要之山」為「青山」，以「禹父」為「后父」。見（劉宋）鮑照著，錢仲聯增補集說校：《鮑參軍集注》（上海：上海古籍，2005），頁 130。關於「沉軀」，《拾遺記》的記載或許能補充解釋：「堯命夏鯀治水，九載無績。鯀自沉於羽淵，化為玄魚，時揚鬐振鱗，橫脩波之上，見者謂為『河精』。羽淵與河海通源也。海民於羽山之中，脩立鯀廟，四時以致祭祀。常見玄魚與蛟龍跳躍而出，觀者驚而畏矣。至舜命禹疏川奠岳，濟巨海則黿鼉而為梁，踰翠岑則神龍而為馭，行遍日月之墟，惟不踐羽山之地，皆聖德之感也。鯀之靈化，其事互說，神變猶一，而色狀不同。玄魚黃能，四音相亂，傳寫流文，『鯀』字或『魚』邊『玄』也。群疑眾說，並略記焉。」見（晉）王嘉撰，（梁）蕭綺錄，齊治平校注：《拾遺記》（北京：中華書局，1981），卷 2〈夏禹〉，頁 33。

56　今人註解庾信〈擬詠懷七〉：「青山望斷河」，常引用河神巨靈分開華、岳的典故，可參夏傳才編：《文學名篇選讀：兩漢三國六朝卷》（臺北：知書房，2006），頁 246。此典出處甚多，如《水經注・河水》引《國語》：「華岳本一山當河，河水過而曲行，河神巨靈，手蕩腳蹋，開而為兩，今掌足之跡，仍存華巖。」見（後魏）酈道元注，楊守敬、熊會貞疏，段熙仲點校，陳橋驛復校：《水經注疏》（南京：江蘇古籍，1989），卷 4〈河水〉，頁 58。

57　《史記・外戚世家》記竇太后：「竇皇后親蚤卒，葬觀津。」索隱曰：「按摯虞《決錄》云：『竇太后父少遭秦亂，隱身漁釣，墜泉而死。景帝立，太后遣使者填父所墜淵，起大墳於觀津城南，人閒號曰竇氏青山也』。」見（漢）司馬遷撰，（劉宋）裴駰集解，（唐）司馬貞索隱，（唐）張守節正義：《史記》（臺北：鼎文書局，1981），卷 49〈外戚世家・竇太后〉，頁 1973。

58　錢振倫引《吳越春秋》為注：「子胥曰：『椒丘訢者，東海上人也。為齊王使於吳，過

乎也融會了鮑照的聲音，終於發出明晰的警戒。結尾的「敢告」令人想到箴文的傳統，但這裡其實很難說有什麼委婉的策略，與任何明確的上層對象，所有途經的客旅反而就是最合理的受話者。

分析至此，某種程度上釐清了〈張休崕涘銘〉與〈石帆銘〉的警戒性和警戒的內涵、對象，「物——事」關係也逐漸朗現：前者從山水的「險勢」觸發行人體驗的「險畏」，從而發揮警戒的作用；後者從體現的山水的「險勢」啟動眾多「險境」的會聚，再接引各個「赴險」的姿態，發出警告的聲音。相較於〈劍閣銘〉在「物——事」關係上的解構與建構，〈張休崕涘銘〉與〈石帆銘〉依然著重於建構，然而〈石帆銘〉顯然展現了更弘大、多層次的連結類聚。從警戒對象來說，〈張休崕涘銘〉與〈石帆銘〉不像〈劍閣銘〉有特定對象，而指向不特定的行者。在警戒策略上，不同於〈劍閣銘〉借助於歷史、天命，〈張休崕涘銘〉訴諸身體經驗，〈石帆銘〉綜合身體感知與歷史知識，透過並非嚴密邏輯對應的推類引生，輻輳於行止的抉擇。

〈石帆銘〉的眾行者裡依稀夾帶或反射著鮑照自己的身影，不難發現，鮑照以旅人形象出現在他的不少詩文中，如〈登大雷岸與妹書〉、〈行京口至竹里〉、〈登翻車峴〉、〈還都道中〉[59]等等，而且行旅中的山水時常出現危險的景象[60]。蕭馳發現，鮑照在描寫山水時有一個天／地或海／天

淮津，欲飲馬於津。津吏曰：「水中有神，見馬即出，以害其馬。君勿飲也。」訴曰：「壯士所當，何神敢干？」乃使從者飲馬於津，水神果取其馬，馬沒。椒丘訢大怒，袒裼持劍入水，求神決戰，連日乃出，眇其一目。』見（劉宋）鮑照著，錢仲聯增補集說校：《鮑參軍集注》（上海：上海古籍，2005），頁 130。

59　分見（劉宋）鮑照著，丁福林、叢玲玲校注：《鮑照集校注》（北京：中華書局，2012），頁 874-899、481-486、487-489、379-386。

60　王文進觀察《文選》中南朝「行旅」詩，發現由於大都係遠赴他地，兼程趕路，所以在時空變換的描述上，節奏比「遊覽」之作來得快，簡中更時常出現千里行舟，驚流急湍的景象，甚至還有猛獸環身的蠻荒場面。見王文進：〈南朝「山水詩」中「遊覽」與「行旅」的區分——以《文選》為主的觀察〉，《南朝山水與長城想像》（臺北：里仁

的框架，較之謝靈運的山／水二元構架，鮑照將景物置於此更廣闊的架構中，因而增添了大謝所相對忽略的天象和渺溔的濕氣象，後者不僅弱化了山水輪廓和色彩對比，更彰顯出景物間的明暗關係。而且，比之山／水這一基元構架，中華文化中的天／地自然地將「人」涵容其中，於是蕭馳舉鮑照的〈擬行路難〉、諸行旅詩為例，闡明行路與人生的相互為喻，當鮑照以行路哀嘆人生艱難時，遊子立於天地間所望所感的風景，尤其是濕氣象，直接成為漂泊旅人迷茫、陰沈的心象[61]。

藉由這個觀察，對於〈石帆銘〉的警戒內涵和隱喻結構也許可以有另一層次的理解。蕭馳將〈石帆銘〉也列入鮑照天／地或海／天框架的例證之一，如有「下潨地紀，上獵星羅」、「淪天測際，亙海窮陰」這樣的句子，那麼〈石帆銘〉中在天地間行路的眾生，不論是為了刊啟、治水、祭祀、出差、征伐、尋夫、遊訪、漁釣、自沉等等原因而陟涉充滿各類危險的山水，或突圍讒言環伺的仕途，或隱含鮑照自身的行旅或宦涯，是否可能也應和「人生如行路」這個在鮑照詩文中一再出現的重要隱喻或思考框架，比起〈張休崖涘銘〉針對行走險路的警戒有更多值得推敲的意義？如果不是過於偏差的推測和詮釋，將〈石帆銘〉放進這個隱喻傳統裡檢視，就顯得十分特別。此時，在〈石帆銘〉裡，從屈賦、漢晉擬騷以來在君臣、群己之間的拉鋸張力與不遇感慨已相當微弱[62]，漢魏六朝行旅賦種

書局，2008 年），頁 19-35。鮑照〈登大雷岸與妹書〉、〈石帆銘〉等或許可增加行旅文中「危險」的例子。

61　蕭馳：〈後謝靈運時代的「風景」——以鮑照、謝朓為例〉，《漢學研究》第 30 卷 2 期（2012 年 6 月），頁 35-48。

62　屈賦中「路」的譬喻，可參楊義：〈《離騷》的心靈史詩型態〉，《文學遺產》1997年第 6 期，頁 17-34。彭毅：〈屈原作品中隱喻和象徵的探討〉，《楚辭詮微集》（臺北：學生，1999），頁 26-27。許又方：〈過去、現在與未來的連結——論屈原作品中的「路」〉，《時間的影跡——〈離騷〉晬論》（臺北：秀威，2003），頁 169-187。廖美玉：《回車：中古詩人的生命印記》（臺北：里仁，2007），頁 3-6。莊孟融：《「變與不變」——屈原作品中的自我樣貌》（臺北：國立臺灣大學中國文學系碩士論文，

種「反放逐」的回音亦稀淡遠去[63]，不見〈行路難〉諸作抒發人生苦多樂少、命運無常或君臣恩遇不終的心緒表露[64]，更排除了行旅詩的「懷鄉」底色[65]，〈石帆銘〉保留了以上不同體類中行路的苦險驚懼，而其特殊性在於，除了提供天／地或海／天的遼闊框架，還彷彿站在一個相對的制高點，不是要抒情諷諫，不是談如何認同或抗拒，也並非偏重抒發山水美感，而是俯視著一切，告誡所有的行者，這條路（山路水途／世路／仕途／人生）是有著已知和未知的危險艱難的，如銘文中諸例所示，但仍有很多人以相異的理由履涉險道，接下來便是抱持何種態度和方式慎行或止步的個人選擇了。最後，〈石帆銘〉看似分殊的行路情境，實則都歸趨於「山水」的危險，這個突出的「山水」也為「人生如行路」的隱喻增加了次類

2012），頁 20-36。屈賦與漢晉擬騷經常使用「路」的譬喻，當然也涵括「人生如行路」，往往與君臣、群己之間的拉鋸張力相關，關於屈賦與漢晉擬騷的「直諫論述」，可參鄭毓瑜：〈獨立的忠誠——直諫論述與知識份子〉，《性別與家國——漢晉辭賦的楚騷論述》（臺北：里仁，2000），頁 145-229。

63　漢魏六朝行旅賦亦是大量使用「路」、「人生如行路」譬喻的一個書寫類別，而論述重點便在於「放逐——反放逐」，可參（美）康達維（David R. Knechtges）著，蘇瑞隆譯：〈漢賦中的紀行之賦〉，《康達維自選集：漢代宮廷文學與文化之探微》（上海：上海譯文，2013），頁 157-182。鄭毓瑜：〈歸反的回音——地理論述與家國想像〉，《性別與家國——漢晉辭賦的楚騷論述》（臺北：里仁，2000），頁 75-143。

64　《樂府解題》謂以「行路難」為題的樂府：「備言世路艱難及離別悲傷之意」。見吳兢：《樂府古題要解》，卷下，收入丁福保編：《歷代詩話續編》（北京：中華書局，1983），上冊，頁 52-53。今存最早的〈行路難〉樂府為鮑照〈擬行路難〉十八首，南北朝共存二十七首〈行路難〉。關於〈行路難〉的由來至南北朝的發展，可參趙麗萍：〈紅顏零落歲將暮——論鮑照《擬行路難》十八首中的生命意識〉，《遵義師範學院學報》2002 年第 4 期，頁 41-43。陽竟希：〈論南北朝的《行路難》〉，《科教導刊》2011年第 23 期，頁 213-214。靳梓培：《唐代〈行路難〉研究》（蘭州：蘭州大學中國語言文學碩士論文，2013），頁 3-15。靳梓培歸納南北朝時期的二十七首〈行路難〉，除了高昂的〈從軍與相州刺史孫騰作行路難〉反映的是從軍途中行路艱難的苦況外，其餘的二十六首可大致分為兩大類：一類是表現人生苦多樂少，感嘆命運無常理；一類以怨婦之口吻寫君臣恩遇之不終。

65　王文進以《文選》為觀察對象，指出南朝行旅詩具有「懷鄉」的底色，見王文進：〈南朝「山水詩」中「遊覽」與「行旅」的區分——以《文選》為主的觀察〉，《南朝山水與長城想像》（臺北：里仁書局，2008 年），頁 24-26。

別，即在「行路」的主範疇下支生「山水中的行路」：山水在途，途在山水。

警戒策略的逸離

　　如果警戒性銘文與箴文、漢代所認定的兩個諷諫文學的源頭——《詩》、《騷》——以及漢賦都可視為意有所勸的文體，比較之下首先會發現，銘文的對象不似其他文體朝向他人，而是指向自己，勸說策略上也就比較沒有迂迴的必要性[66]。其次，銘文的獨特性便彰顯在（器）物既作為易於接近、看見的載體以發揮時時提醒的效果，亦利用「物——事」的連結關係進行勸誡，如最典型的商湯〈盤銘〉與周武王踐阼所作几杖諸銘，其中的「物——事」關係主要是以較具體「物」來「促進」對較抽象的「事」的理解。但是，現存的三篇警戒性山／水銘文顯然有所逸離。就銘刻這一點來說，〈張休崖涘銘〉或許仍是有刻的，〈劍閣銘〉則已不是那麼絕對依賴於勒石，〈石帆銘〉雖存拓本，然而孤證不免令人猶疑。三者警戒的對象也都轉向了他人。由於〈張休崖涘銘〉與〈石帆銘〉的對象是不特定的行者，也不是處於權力關係強烈拉鋸的環境裡，迂迴的問題不那麼重要，而〈劍閣銘〉即使有最後一句，仍顯得直截得多。在「物——事」關係上，或許可以察覺到〈張休崖涘銘〉以山水的險勢「促進」體認行人的險畏，以身體的體驗進行警戒；而〈劍閣銘〉與〈石帆銘〉則蘊涵

66　《詩》、《騷》與漢魏擬騷的諷諫環境可參鄭毓瑜：〈獨立的忠誠——直諫論述與知識份子〉，《性別與家國——漢晉辭賦的楚騷論述》（臺北：里仁，2000），頁145-229。自先秦以來，諷諫便有長遠的「迂迴」的文化詮釋，這種君臣間的迂迴又知情的周旋方式，可參鄭毓瑜：〈諷誦與嗜欲體驗的傳譯〉，《引譬連類：文學研究的關鍵詞》（臺北：聯經，2012），頁106-145。以及（法）于連（François Jullien）著，杜小真譯：《迂迴與進入》（北京：生活‧讀書‧新知三聯書店，2003）。

更複雜的「物——事」關係與不同的警戒策略：前者以史鑒論證，解構「險——固」論述而突出「德——固」論述；後者會聚類推山水的「險勢」與諸種「險境」乃至「赴險」的眾例，輻輳於慎行或止步的抉擇，以邀請聯想的方式趨近警戒的達成[67]。不管是鑒史論證或會聚類推，當然皆非專屬或常見於銘文的手法，而山水，以其險態分別連結安固與危懼，參與在銘文試圖以體驗、論證或類推抵達警戒之途中。劉勰「文約為美」[68]的勸籲尚未追來，這些銘文已駸駸踏上寡人擇取的那條路。

67　「替代」與「類推」可說是中國兩種根本的「感知模式」，存在於政治場合、社群行為與文化傳譯中，參鄭毓瑜：〈替代與類推〉，《引譬連類：文學研究的關鍵詞》（臺北：聯經，2012），頁 188-230。

68　劉勰《文心雕龍‧銘箴》贊對銘箴美感的看法，見（南朝梁）劉勰著，周振甫注：《文心雕龍注釋》（臺北：里仁，1984），頁 201。

第三章

題詠：中心分異的連類書寫

以身體經驗為中心的連類書寫

　　現存文獻中，李尤的〈鴻池陂銘〉最早可於《水經注‧穀水》看到殘句：「鴻澤之陂，聖王所規。開源東注，出自城池」[1]，李善在《文選》注提到了別的句子：「漸臺中起，列館參差」[2]，《藝文類聚》則保留了相對較完整的文本，但把作者歸為西晉的張載：

> 開源東注，出自城池，魚鱉毻殖，水鳥盈涯，菱藕狎獵，秔稻連畦，漸臺中起，列館參差，惟水泱泱，厥大難訾。[3]

1　（後魏）酈道元注，楊守敬、熊會貞疏，段熙仲點校，陳橋驛復校：《水經注疏》（南京：江蘇古籍，1989），卷 16〈穀水〉，頁 298。

2　出自謝朓〈晚登三山望京邑〉李善注，見（梁）蕭統編，（唐）李善注：《文選》（上海：上海古籍出版社，1986），頁 1263。

3　（唐）歐陽詢：《藝文類聚》（上海：上海古籍，2007），卷 9，頁 170。題為〈洪池陂銘〉。

首句與《水經‧穀水注》所引的後半重疊，因此推測前半的「鴻澤之陂，聖王所規」才是銘文真正的開頭。不論作者是誰，都很可能是最早在銘文中大量描寫水景（陂池）的例子，但即使可以說其中不乏有些審美成分，應該要記得陂池所具有的水利、農業功能，水景的描寫配合「聖王所規」，或許仍透露出一點褒讚的意味，我們也不知道《藝文類聚》有無省略明顯的稱頌或警戒的句子。

〈鴻池陂銘〉著重視覺的描寫，東晉的孫綽〈太平山銘〉與湛方生〈靈秀山銘〉在視覺外尚擴及嗅覺和觸覺：

> 隗哉太平，峻踰華霍。秀嶺樊縕，奇峯挺崿。上干翠霞，下籠丹壑。有士冥遊，默往奇託。蕭形枯林，映心幽漠。亦既覿止，渙焉融滯。懸棟翠微，飛宇雲際。重巒寒產，迴溪縈帶。被以青松，灑以素瀨。流風佇芳，翔雲停藹。[4]

> 巖巖靈秀，積岨幽重。傍嶺關岫，乘標挺峯。桂柏參幹，芝菊亂叢。翠雲夕映，爽氣晨蒙。籠籠疎林，穆穆閑房。幽室冬暄，清陰夏涼。神木奇生，靈草貞香。雲鮮其色，風飄其芳。可以養性，可以摘翔。長生久視，何必仙鄉。[5]

兩則都寫到風中飄帶的香氣，同樣都提及山林中的屋宇，而〈靈秀山銘〉更突出了室暖蔭涼的感受，相較於〈鴻池陂銘〉只描述名物類聚的狀態，〈太平山銘〉與〈靈秀山銘〉顯然增加更豐富的體驗維度。青松、素瀨、桂柏、芝菊與不知名的神木靈草或可目測相對位置，但它們單獨與混融的氣味隨流風襲來，瀰漫不散的芬芳打破了原本的遠近關係，那是無法度量

4　（唐）歐陽詢：《藝文類聚》（上海：上海古籍，2007），卷 8，頁 145。
5　同前註，卷 7，頁 128。

的空間距離，風的吹拂與山水的香氣無疑已細膩地跨類聯繫。建築物的存
在除了可以由環境關係來標明（「漸臺中起，列館參差」、「懸棟翠微，飛
宇雲際」），還可由居處林蔭、房室的體感溫差來定位（「幽室冬暄，清陰
夏涼」），同時引入季節的因素，讓時間也成為劃定空間的方式。這著實
反映晉宋以來透過身體行動、寓目身觀，人身與山水交接的體驗影響原有
的名物連類系統，使「山川」論述轉化為「山水」論述。不過，〈太平山
銘〉與〈靈秀山銘〉的身體感也分別彰顯這個時期其他一些重要的文化現
象。「有士」——很可能指謝敷[6]——「冥遊」太平山體驗到「蕭形枯林，
映心幽漠。亦既覲止，渙焉融滯」，形氣美學主體「擴散」的身心狀態，
與山水一體而化，可謂「山水與觀者皆處在玄化的狀態」的「玄化山水」，
與同時期的蘭亭詩作十分一致，「觀者要以玄心面對山水，山水也要以玄
姿回應觀者。兩者同樣擺落塵思俗慮，同樣處在轉化過的非私人性之精緻
之氣化狀態中」[7]。〈靈秀山銘〉所類聚的名物更接近遊仙、道教的傳統，
種種神木靈草雖未必實指，也不能否定山水的體驗，反而正是這份山水體
驗，令之與描寫仙界遊歷、將人間仙境化、入名山以求（成）仙等等的其
他文類作品不同[8]。這些作品營造「仙鄉」的名物也許沒有太大差異，然

6　關於謝敷最具代表性的記載為《世說》〈棲逸〉第 17 條注所引之檀道鸞《續晉陽秋》：
　　謝敷字慶緒，會稽人，崇信釋氏。初入太平山中十餘年，以長齋供養為業，招引同
　　事，化納不倦。以母老還南山若邪中。內史郗愔表薦之，徵博士，不就。初，月犯少
　　微星，一名處士星。古云：「以處士當之。」時戴逵居剡，既美才藝而交遊貴盛，先敷
　　著名，時人憂之。俄而敷死，會稽人士以嘲吳人云：「吳中高士，便是求死不得。」見
　　（宋）劉義慶撰，余嘉錫箋疏：《世說新語箋疏》（臺北：華正書局，1989），頁 662-
　　663。謝敷家世、生平、交遊、信仰特色等考證可參紀志昌：〈東晉居士謝敷考〉，《漢
　　學研究》第 20 卷第 1 期（2002 年 6 月），頁 55-83。太平山的地學背景可見其註 27，
　　頁 63。

7　形氣美學主體「擴散」的身心狀態，與「玄化山水」的論述，見楊儒賓：〈「山水」是
　　怎麼發現的——「玄對山水」析論〉，收入蔡瑜編：《迴向自然的詩學》（臺北：國立臺
　　灣大學出版中心，2012），頁 75-126。〈太平山銘〉為其例證之一。

8　遊仙詩賦研究可參李豐楙：《憂與遊：六朝隋唐遊仙詩論集》（臺北：學生，1996）、
　　許東海：《女性・帝王・神仙——先秦兩漢辭賦及其文化身影》（臺北：里仁書局，

〈靈秀山銘〉所體驗的「山水」乃優先於「仙鄉」——若說敘述者把靈秀
山仙境化，將會模糊了其中的層次——他的「山水」體驗在前，而導向他
認定靈秀山與「仙鄉」具有同質的「氣氛」，是「可以養性，可以栖翔」
的地方，在靈秀山即可修鍊實現「長生久視」的理想，因此說「何必仙
鄉」。假如湛方生所寫的即為趙牙為司馬道子東府所築之山[9]，那麼我們對
於這些描寫和體驗就會有另一層理解。《晉書》記載：

> 牙為道子開東第，築山穿池，列樹竹木，功用鉅萬。道子使宮人為
> 酒肆，沽賣於水側，與親昵乘船就之飲宴，以為笑樂。帝嘗幸其
> 宅，謂道子曰：「府內有山，因得遊矚，甚善也。然修飾太過，非
> 示天下以儉。」道子無以對，唯唯而已，左右侍臣莫敢有言。帝還
> 宮，道子謂牙曰：「上若知山是板築所作，爾必死矣。」牙曰：「公
> 在，牙何敢死！」營造彌甚。[10]

六朝的皇家園林與私家園林在數量、營造技術、造景意識上皆有顯著突
破，發展出各自的特色[11]，司馬道子的東府園林作為一個例子，可瞥見其
規模之大和遊宴的情形，板築所作之靈秀山的逼真程度已無法被遊賞者

2003）。「人間仙境化」的概念見張嘉純：《漢魏六朝辭賦中的遊仙題材研究》（臺北：
國立政治大學碩士論文，2001）。名山與求（成）仙的關聯，可參李豐楙：《探求不死》
（臺北：久大文化，1987），與吳翊良：《空間・神話・行旅——漢晉辭賦中的「山水書
寫」研究》（臺南：國立成功大學碩士論文，2007），頁 179-185。

9　「《晉書》：青溪橋東南臨淮水，周三里九十步，太宗舊第，后為會稽文孝王道子宅。
謝安薨后，道子領揚州刺史，於此理事，時人呼為東府，至是筑城，以東府為名。其
城東北角有靈秀山，即道子宅內山，嬖臣趙牙所筑也。」見（宋）李昉編：《太平御覽・
居處部九》（石家莊：河北教育，1994），卷 181，頁 710。

10　（唐）房玄齡：《晉書》（臺北：鼎文，1980），卷 64〈簡文三子列傳〉，頁 1734。

11　可參周維權：〈魏晉南北朝園林概述〉，未載編者：《傳統建築論文集》（臺北：丹青圖
書，1986），頁 76-92。汪菊淵：《中國古代園林史》（北京：中國建築工業，2012），
頁 75-135。

看穿。〈靈秀山銘〉提及的山勢、雲氣、花草樹木與屋室很可能就是經過造景者精心設計的，銘文亦以其銘刻和語言[12]，共同構成「仙鄉」的「氣氛」[13]——既能如此，的確「何必仙鄉」——而引導了遊園的體驗。

除了〈太平山銘〉與〈靈秀山銘〉，兩晉尚留下一些銘文的殘句：

> 正月七日，厥日惟人，策我良駒，陟彼安仁。（曹翕〈是日登壽張安仁山銘〉）[14]

> 往天臺，當由赤城山為道徑。（支遁〈天臺山銘序〉）[15]

12　韓文彬（Robert E. Harrist, Jr.）曾經分析北魏鄭道昭在雲峰山的一組包含五言詩、題景的摩崖刻辭，表示隨著造訪者沿途覽誦，即被這些刻辭引導想像進入仙人靈境，最後經過山頂雙闕，見磧石上刻有仙人之名，代表已至天界。也就是說，造訪者的實地感受不僅得之於景，亦得之於文，實體山嶺至想像空間之轉變實有賴於語言。見韓文彬（Robert E. Harrist, Jr.）,〈六世紀中國之書寫、風景與表現：雲峰山解讀〉（Writing, Landscape, and Representation in Sixth-Century China: Reading Cloud Peak Mountain），收入巫鴻編：《漢唐之間的視覺文化與物質文化》（北京：文物，2003），頁 535-570。人文地理學者段義孚（Yi-Fu Tuan）建議將常被忽視的語言（包含口頭交談與寫下的文字）納入建構和理解地方（place）不可或缺的一環，關注於語言能使我們更了解建構地方的過程，和地方的特質（quality: the personality or character），見 Yi-Fu Tuan, "Language and the Making of Place: A Narrative-Descriptive Approach," *Annals of the Association of American Geographers* 81, no. 4 (Dec. 1991): 684-696.

13　「氣氛是一種空間，也就是受物和人的在場及其外射作用所薰染的空間」，見伯梅（Gernot Böhme）著，谷心鵬、翟江月、何乏筆譯：〈氣氛作為新美學的基本概念〉，《當代》第 188 期（2003 年 4 月），頁 10-33。

14　《荊楚歲時記》：「正月七日為人日，以七種菜為羹，翦綵為人，或鏤金箔為人，以貼屏風，亦戴之以頭鬢，亦造華勝以相遺，登高賦詩。」以下按云：「郭緣生《述征記》云：『魏東平王翕，七日登壽張縣安仁山，鑿山頂為會望處，刻銘於壁，文字猶在。銘云：「正月七日，厥日為人，策我良駒，陟彼安仁。」』」見（梁）宗懍撰，（隋）杜公瞻注：《荊楚歲時記》（北京：中華書局，1991），頁 4。亦見（宋）李昉：《太平御覽·時序部十五》（石家莊：河北教育，1994），卷 30，頁 256-257。《藝文類聚》則收為東晉李充〈登安仁峰銘〉，見（唐）歐陽詢：《藝文類聚》（上海：上海古籍，2007），卷 4，頁 60。

15　出自孫綽〈遊天臺山賦〉李善注，見（梁）蕭統編，（唐）李善注：《文選》（上海：上海古籍出版社，1986），頁 496。

> 昔如來游王舍城，憩靈鳥山。舊云，其山峰似鳥而威靈，故以為名焉。眾美咸歸，壯麗畢備。（支曇諦〈靈鳥山銘序〉）[16]

> 武丘山，先名海涌山。（王珣〈虎丘山銘〉）[17]

〈是日登壽張安仁山銘〉的背景是人日登高賦詩的習俗，也許當「詩」「刻銘於壁」後，變成了「銘」。支遁〈天臺山銘序〉闡明第六大洞天赤城山，為世俗空間進入神聖空間天臺山的門徑[18]，支曇諦〈靈鳥山銘序〉敘述靈鳥山曾為如來所憩和山名的由來，盛讚其美麗，可推測兩篇銘文與佛道教相關。〈虎丘山銘〉亦言山名流變，《藝文類聚》「虎丘山」條下所收其他的類事、類文，除《吳越春秋》闔廬事外，均為審美性的山水書寫。若從時代的大趨向揣想，或許這些殘句原來也屬於書寫山水美觀之類，尤其〈靈鳥山銘序〉高調聲稱「眾美咸歸，壯麗畢備」，引人遐想。但事實上，我們仍無法確知它們與主流的遠近如何，它們是否走出一條不能歸類的路。

蕭綱的〈行雨山銘〉、〈明月山銘〉，與庾信〈玉帳山銘〉、〈吹臺山銘〉、〈望美人山銘〉、〈至仁山銘〉、〈明月山銘〉、〈梁東宮行雨山銘〉以及蕭繹〈東宮後堂仙室山銘〉皆針對梁東宮小山所寫[19]，從同題、群體創

16　（宋）李昉：《太平御覽・地部十五》（石家莊：河北教育，1994），卷50，頁463。

17　（唐）歐陽詢：《藝文類聚》（上海：上海古籍，2007），卷8，頁141。

18　參吳翊良：《空間・神話・行旅——漢晉辭賦中的「山水書寫」研究》（臺南：國立成功大學碩士論文，2007），頁186-187。

19　倪璠《庾子山集注》以為：「玉帳山以下，梁宮中之小山也。一本『玉帳山』及下『行雨山』並有『東宮』二字。《梁簡文集》中有〈明月山銘〉〈行雨山銘〉。知以下諸銘，中大通三年後簡文為太子時，隨侍東宮之所作也。」（北周）庾信撰，（清）倪璠注，許逸民校點：《庾子山集注》（北京：中華，1980），頁695。蕭繹〈東宮後堂仙室山銘〉從題目判斷，應亦寫東宮之山。

作的情況看來，應不乏遊戲性與逞才較勁的意味[20]。同樣寫行雨山和明月山，蕭綱與庾信的寫法就有區隔。下一節將論到庾信以山名為中心的策略，蕭綱則如東晉以來典型的山水書寫，是以身體體驗為中心的：

> 巖畔途遠，阿曲路深。猶云息馭，尚且抽琴。茲峯獨擅，嶷崎千變。却繞畫房，前臨寶殿。玉岫開華，紫水迴斜。谿閞聚葉，澗裏紫沙。月映成水，人來當花。藤結如帷，磧起成基。芸香馥遝，石鏡臨墀。（〈行雨山銘〉）[21]

> 迢遞峯長，威紆岳聚。既正書門，兼同天柱。非覺小山，寧論大庾。豈學土龍，詎須石鼓。級色斜臨，霞文橫豎。（〈明月山銘〉）[22]

題目的山名與銘文內容很難說有什麼聯繫，也許兩篇交換題目會容易一點，「明月」可以對應「月映成水」，「行雨」可以對應求雨用的「土龍」，但即使有題目錯置的機會，這種聯繫的強度和增進銘文理解的效用依然相當微弱。東宮小山極可能經過造景設計，銘文也參與空間意義的形塑，然而體驗並無法完全被編造，這兩篇銘文即可看到蕭綱與梁代特殊的山水體驗——尤關於「如何觀看」的新方式。〈行雨山銘〉一開始像謝靈運典型的山水詩有一種遊覽的姿態，暗示著將以遊蹤展開描寫，在概略地

20　陸倕與陸琰的例子可以看出銘文在南朝也是可以展現文才的文類。《梁書》載：「高祖雅愛倕才，乃敕撰〈新漏刻銘〉，其文甚美……又詔為〈石闕銘記〉。奏之。敕曰：『太子中舍人陸倕所制〈石闕銘〉，辭義典雅，足為佳作。昔虞丘辨物，邯鄲獻賦，賞以金帛，前史美談，可賜絹三十四。』」見（隋）姚察編：《梁書》（臺北：鼎文，1980），卷27〈陸倕傳〉，頁402-403。《陳書》載：「世祖……嘗使製〈刀銘〉，琰援筆即成，無所點竄，世祖嗟賞久之，賜衣一襲。」（隋）姚察、（唐）魏徵、姚思廉：《陳書》（臺北：鼎文，1980），卷34〈陸琰〉傳，頁463。

21　（唐）歐陽詢：《藝文類聚》（上海：上海古籍，2007），卷7，頁128。「藤」，《藝文類聚》作「䕡」，疑為刻誤。

22　同前註。

描述山勢與相對位置後，銘文後半便掩藏不住他格外敏銳的觀察力，和他對於短暫的時刻、光影互動變幻的沈迷[23]。〈行雨山銘〉的視角基本上是平下的，蕭綱俯視溪水裡的那些落葉、碎沙，接著專注於水面的倒影。月亮倒影像是月亮變成了水，「人來當花」可能是花落在人身或落在人於水面的倒影，也可能是人的倒影來就水中的落花，如果是人的倒影看起來像（落）花，那麼就與「月映成水」一樣，都指向物（人）與物之間變形幻化的視覺經驗，真實與想像、感知與再現難以清楚劃分[24]。這首未知完整度如何的銘文，一切圍繞著這句「一念」所觀照的瞬間[25]。在下文中，我們越來越難辨識藤蔓與帷幕、磧石與基趾的差別，究竟芸香是小逕，還是小逕是芸香，也許石鏡才是墀階，或者相反。回過頭來，水裡的葉沙、山峰、房殿、車琴，所見的每件事物，也變得不確定什麼是什麼了。

〈明月山銘〉同樣先簡述了山勢，然後連續選取了六個物件來比較異同，看起來明月山與「書門」和「天柱」相似處較多，與「小山」、「大庾」較多不同，「豈學土龍，詎須石鼓」有些費解，無論如何，這一路舖陳至「緅色斜臨，霞文橫豎」，彷彿才揭示明月山的本色。光色始終在變化中，而蕭綱專注凝視一個特殊的片刻，霞文既橫且豎，也令人不解是真實抑或想像，敏銳的感知與再現混融在一起。「一念」的觀照所隱含的佛教思想背景提醒著，「眼中所見的一切，無論多麼鮮艷和豐富，都是短暫不實的

23　蕭綱詩作的特點可參田曉菲：《烽火與流星：蕭梁王朝的文學與文化》（北京：中華，2010），頁 194-237。

24　蕭綱詩作中，觀看與看見的行為，和幻想與創造的行為合而為一，於是感知和再現變得難解難分的特點，蕭綱詩作的特點可參田曉菲：《烽火與流星：蕭梁王朝的文學與文化》（北京：中華，2010），頁 221-230。

25　田曉菲認為，梁朝宮體詩體現了宮廷詩人觀看世界的典型方式，每一首宮體詩都是對每一個瞬間之思緒，也就是「一念」的全神貫注，代表了詩人對物象之色與空的聚精會神的觀照。同前註，頁 156-193。

幻象」[26]，而且「人類的官能感知充滿了幻覺和迷誤，現象與本質是兩回事」[27]，在蕭綱聚精會神、敏銳地觀照下，這兩首銘文與他許多的詩都展現了極為細緻的自然體驗，捕捉到光影色彩的微妙和感官的迷幻時刻，從另一個角度而言，這些色相又是多麼地脆弱浮空——不管是柔軟的花葉藤蔓或堅硬的山石沙磧，從高遠的山月、聳立的房殿，到乘撫的車琴、渺小的人身，且看那斜光水影，詭譎的雲霞[28]。

蕭綱末年所作的〈秀林山銘並序〉提供了一個極佳的例子，讓我們得以觀察山水體驗是如何置放於實際歷史情境的：

> 神山本名秀林山，或稱辰山，在華亭西北二十餘里，列九峯第四，僻左一方，雖非巨麗，未經標品，而自古神仙，往往託跡，實震旦之靈皁也。余以機暇，結駕游行，覽茲佳勝，睠焉有懷，乃作銘曰：閣號天井，山稱地維。碧難金馬，越讓梁池。懷靈蘊德，孕寶含奇。此亦仙岫，英名遠摛。昔有驚窟，不燒淨土。邁彼高蹤，構茲法宇。引葉成帷，即樹為柱。石砌危橫，崖階斜豎。白巘途遠，丹源路深。長林萬頃，偉木千尋。竹裏看博，松間聽琴。捐氛蕩累，散賞娛襟。梁大寶元年歲次庚午春三月十五日題寫。[29]

26　田曉菲：《烽火與流星：蕭梁王朝的文學與文化》（北京：中華，2010），頁 173。

27　同前註，頁 176。

28　蔡瑜提到，雖然玄學與佛學都有「理感」可言，玄學家與僧人也共同使用「理感」一詞，但並不是所有的「理感」都足以開展山水意象、令主體盤旋於山水之美中，佛教以「空理」為最高境界，當「理感」翻向「空」的境界時，一切的「感」與「興」皆被視為是虛幻的，萬象亦隨之寂滅，因此強調「空理」的佛學比較不易導出山水文化中以萬象變化為實相的「理感」。見蔡瑜：〈重探謝靈運山水詩——理感與美感〉，《臺大中文學報》37 期（2012 年 6 月），頁 102。該文註 37 也引趙昌平的觀點為佐證，關於佛學面對山水沒有像玄學那種以自然物為實體的觀念，而在於體認清空寂滅，可參趙昌平：〈王維與山水詩由主玄趣向重禪趣的轉化〉，《趙昌平自選集》（桂林：廣西師範大學出版社，1997），頁 116-120。

29　嚴可均《全梁文》載輯自《文苑英華》，但《文苑英華》未見之。（清）嚴可均校輯：《全

蕭綱於 449 年登基，卻是在侯景勢力下的傀儡統治，551 年被廢後遭軟禁，隔月為侯景手下所殺。550 年的這次春遊前月，侯景先請蕭綱禊宴於樂遊苑，帳飲三日，後逼蕭綱至西州赴宴，綱聞奏梁廷習用之樂，淒然下泣[30]。田曉菲指出：「銘文措辭溫美，沒有任何迹象顯示作者的難堪處境。文學傳統和成規幫助作者維持了梁朝宮廷的優雅風度和雍容外表，這篇銘文昭示了蕭綱對年號的最初選擇：『外柔順而內文明』。」[31]序言所稱的「機暇」，無非是一種自尊兼飾詞，不過，筆下春遊的欣懷未必只能解釋為公關形象的維護。「捐氛蕩累，散賞娛襟」的體驗，不否認可從玄佛交涉來談化情遊玄[32]，或從鬱結體氣與環境的震盪舒放論抒情之必要[33]，如果再扣緊禊禮春遊的活動，似乎更能契合蕭綱的政治情境。「修禊儀式從根源、基本意義上說，就用以清除死亡的現象，解決人類最本能的恐懼，而對生命綿延作出強烈、有力的期企」[34]，我們不知道蕭綱在侯景邀請的禊宴中，多少程度達至「蒙受那陽氣的布暢，獲致元春的生機，進而以一種堅定的態度持續心中的想望」[35]。從稍後寫下的〈秀林山銘並序〉來看，不同於兩晉南朝修禊詩作書寫春景歡悅（蕭綱有〈三月三日率爾成章〉[36]）

上古三代秦漢三國六朝文》（北京：中華，1999 年），頁 3025。

30　見吳光興：《蕭綱蕭繹年譜》（北京：社會科學文獻，2006），頁 312-313、316。

31　田曉菲：《烽火與流星：蕭梁王朝的文學與文化》（北京：中華，2010），頁 233。《南史》記蕭綱「初即位，制年號將曰『文明』，以外制強臣，取周易『內文明而外柔順』之義。恐賊覺，乃改為大寶。」見（唐）李延壽：《南史》（臺北：鼎文，1981），卷 8〈梁本紀下第八·簡文帝綱〉，頁 233。

32　如楊儒賓論「玄化山水」與「即色遊玄」的基礎，見楊儒賓：〈「山水」是怎麼發現的——「玄對山水」析論〉，收入蔡瑜編：《迴向自然的詩學》（臺北：國立臺灣大學出版中心，2012），頁 75-126。

33　「體氣」與「抒情」的關係可參鄭毓瑜：《引譬連類：文學研究的關鍵詞》（臺北：聯經，2012），頁 61-103。

34　鄭毓瑜：〈試由修禊事論蘭亭詩、蘭亭序「達」與「未達」的意義〉，《文本風景：自我與空間的相互定義》（臺北：麥田，2014），頁 395-396。

35　同前註，頁 397。

36　逯欽立輯校：《先秦漢魏晉南北朝詩》（北京：中華，2006），頁 1945。

或公讌崇德（蕭綱有〈三日侍皇太子曲水宴詩并序〉[37]）的方式，〈秀林山銘並序〉的春遊姿態較接近蘭亭詩人[38]，「以玄對山水的春遊行慶，似乎更能直契陽氣生機、造化之理」[39]，此類作品並不以春景描寫為重心，儘管銘文少許的描寫裡特別突出了春樹，對其生命力的欣羨呼應了修禊的意涵[40]，更重要的是，「發顯玄同齊物的本理本心，破除人生中修短彭殤、參差彼我的相對面向之煩累纏擾」[41]。從這個角度而言，「標品」一詞於是蘊藏了關鍵而豐富的意義。這「僻左一方，雖非巨麗，未經標品」的「靈阜」與蕭綱的政治處境隱然相符，而他正是以銘文書寫來「標品」此山，也可以說「標品」了自己。秀林山難得的恣意縱遊，不僅暫時擺脫了他在政治場域的困窘侷促，且猶如一場專屬自己的修禊，在長林偉木中釋解中心憂鬱，蒙受那陽氣的布暢，以玄心超越時間相對與生死憂懼，他的「娛襟」就近乎齊物的「至美至樂」[42]。由此重思蕭綱最初選擇的年號「文明」，〈秀林山銘並序〉誠然「標品」了他在明夷之世體現「內文明而外柔順」的一種方式，彰明自己在「大難」中的「艱貞」[43]。

37　逯欽立輯校：《先秦漢魏晉南北朝詩》（北京：中華，2006），頁 1929。

38　鄭毓瑜將兩晉南朝的修禊、上巳、三月三日之類作品分為三類：一、春遊燕集，悅目娛情；二、貴遊公讌，作樂崇德；三、寄暢林丘，悟理感懷。同註 34，頁 397-405。

39　鄭毓瑜：〈試由修禊事論蘭亭詩、蘭亭序「達」與「未達」的意義〉，《文本風景：自我與空間的相互定義》（臺北：麥田，2014），頁 411。

40　楊佩螢觀察六朝詩作的春天書寫，樹木的生命力往往是詩人欣羨的。見楊佩螢：《六朝詩「傷春」的連類譬喻》（臺北：國立臺灣大學中文所博士論文，2014），頁 165-169。

41　同註 39。

42　鄭毓瑜指出，蘭亭詩人以玄同齊物、循環的時間觀，不再有哀樂交纏，更解消了生死憂懼，恆得「至美至樂」矣。所謂「至美至樂」引自《莊子・田子方》：「老聃曰：『吾遊心於物之初。』孔子曰：『何謂邪？』曰：『……至陰肅肅，至陽赫赫；肅肅出乎天，赫赫發乎地；兩者交通成和而物生焉，或為之紀而莫見其形……』孔子曰：『請問遊是。』老聃曰：『夫得是，至美至樂也。得至美而遊乎至樂，謂之至人。』」見鄭毓瑜：〈試由修禊事論蘭亭詩、蘭亭序「達」與「未達」的意義〉，《文本風景：自我與空間的相互定義》（臺北：麥田，2014），頁 413。（清）王先謙撰：《莊子集解》（北京：中華書局，1987），外篇卷 5〈田子方〉，頁 178-179。

43　《周易》第三十六卦：「明夷，利艱貞。」《象》曰：「明入地中，明夷。內文明而外

以山或山名為中心的連類書寫

　　如果前面討論的銘文著重表現親身遊覽的山水經驗，為作者所「體驗」的山，接下來要談的鄭道昭〈天柱山銘〉與蕭譽〈羅浮山銘〉，可說是作者所「知道」的山，易言之，針對一座山書寫時，不是強調某次的身體經驗，而是把關於這座山已經存在的各種知識編織起來。陸機的「佇中區以玄覽，頤情志於典墳」[44]意味著，「就創作活動而言，透過廣泛閱讀典籍所取得的客觀的認知經驗，是可以與深刻體察萬物所獲得的直接切身的感受具有同等的作用」[45]，在此，除了要點出本節討論的山／水銘文，可能遠離了寓目身觀、窮究歷覽的背景，倒與魏晉以降使事用典的風尚較為密切，更要追索銘文中的知識典故是怎麼被組織起來的。底下分別看〈天柱山銘〉、〈羅浮山銘〉：

> 天柱山上東堪石室銘，魏祕書監司州大中正平東將軍光州刺史熒陽鄭道昭作其辭曰：孤峰秀峙，高冠霄星。實曰天柱，鎮帶萊城。懸崖萬仞，峻極霞亭。接日開月，麗景流精。朝暉巖室，夕曜松清。九仙儀綵，余用栖形。龍游鳳集，斯處斯寧。淵綿言想，照燭空

柔順，以蒙大難，文王以之。利艱貞，晦其明也。內難而能正其志，箕子以之。」正義曰：「闇主在上，明臣在下，不敢顯其明智，亦明夷之義也。時雖至闇，不可隨世傾邪，故宜艱難堅固，守其貞正之德。故明夷之世，利在艱貞……內懷文明之德，撫教六州，外執柔順之能，三分事紂，以此蒙犯大難，身得保全，惟文王能用之，故云文王以之……既處明夷之世，外晦其明，恐陷於邪道，故利在艱固其貞，不失其正，言所以利艱貞者，用晦其明也……內有險難，殷祚將傾，而能自正其志，不為而邪諂，惟箕子能用之，故云箕子以之。」見（魏）王弼、韓康伯注，（唐）孔穎達疏：《周易注疏》（臺北：藝文印書館，1965，十三經注疏本），卷4〈明夷〉，頁88-1、88-2。

44　陸機：〈文賦〉，見（梁）蕭統編，（唐）李善注：《文選》（上海：上海古籍出版社，1986），頁762。

45　蔡英俊：〈「擬古」與「用事」：試論六朝文學現象中「經驗」的借代與解釋〉，中央研究院文哲所編：《文學、文化與世變》（臺北：中央研究院文哲所，2002），頁89。

溟。道暢時乘，業光幽明。雲門烟石，登之長生。[46]

神哉蓬島，合影羅岑。南濱溟渤，西負桂林。龍隈[47]斜峙，牛嶺旁升。形高華霍[48]，德邁岷衡。橫天起巘，插雲生襲。修崖蔽景，孤峰鳳立。所謂曜真，仙靈攸集。鮑靚棲偃，葛洪餌丹。梁盧王佐，控鶴軒鸞。翠袍掛日，朱霞冒冠。寶文可佩，冰玉宜餐。群生浮瞬，隙電盈輝。枝葉禮義，黥劓是非。無因獨往，山阿采薇[49]。吐納沖氣，卷服雲衣。亡他利己，骨損身跳。至人齊物，中還蘊妙。灰心守一，形枯道要。史吹姬笙，嵇琴阮嘯。桃出李旁，李生桃側。無俟相因，李僵桃食。桃李雖榮，終無久艷。不摧松桂，歲寒表色。甘惟一味，安止容膝。神以動疲，驕隨滿溢。滿溢則敧，淳真志畢。積想幽人，羨茲貞吉。敢刻名山，勒銘斯實。[50]

兩篇銘文都介紹了山景、山名（由來）、山址，山中的人、物，及其行為和體現的理想境界，而〈羅浮山銘〉又多了羅浮山的成形緣起（隱涵山名由來）。雖然不乏山景描寫，但那只是元素之一，銘文顯然是以所有的元素（絕大多數為典故知識）環繞一個圓心，即題稱之山，來定位、定義這

46　北京圖書館金石組編：《北京圖書館藏中國歷代石刻拓本匯編》（鄭州市：中州古籍社出版，1989），冊2，頁179。

47　拓本無「隈」，據《羅浮山志會編》、《古今圖書集成》補。見（清）宋廣業編：《羅浮山志會編》（海口：海南出版社，2001），卷14，頁230；（清）陳夢雷編：《古今圖書集成》（臺北：文星，1964），卷190，頁853。

48　「形高華霍」乃據《羅浮山志會編》、《古今圖書集成》，拓本不清，同前註。

49　「無因獨往，山阿采薇」乃據《羅浮山志會編》、《古今圖書集成》，拓本不清，同前註。

50　拓本無「敢刻名山，勒銘斯實」，據《羅浮山志會編》、《古今圖書集成》補，見（清）宋廣業編：《羅浮山志會編》（海口：海南出版社，2001），卷14，頁230；（清）陳夢雷編：《古今圖書集成》（臺北：文星，1964），卷190，頁853。

座山。鄭道昭不僅寫下〈天柱山銘〉，且是「天柱山」的命名者[51]，「天柱」之名一方面跟「孤上干雲，傍無嵾巇」的山勢有關，也指向連結天上人間的崑崙山[52]，〈天柱山銘〉便是裁縫崑崙山的相關知識，來說明這是一座眾仙神物聚集、可在此修煉的聖山。這與〈羅浮山銘〉形塑的羅浮山大抵一致，吸攏了羅浮山的相關典故，首先是兩山合併為羅浮山的傳說，然後尤其大宗的是作者「積想」的「幽人」們，鮑靚、葛洪、梁盧、王佐等仙道人士與羅浮山關係較為直接[53]，也有蕭史、王子喬、嵇康、阮籍等無直接關聯，但同為仙道隱逸之流，再向外延的第二圈人士。「勒銘斯實」除了可代表作者「積想幽人，羨茲貞吉」之「實」，亦可說是聲明幽人於此山棲集修煉之「實」。〈羅浮山銘〉的各圈知識典故如同心圓一般，營造這個空間（羅浮山）的意義。

　　將〈天柱山銘〉、〈羅浮山銘〉與以下要談的庾信、蕭繹的東宮小山諸銘合觀，會更容易看出這是一種以山或山名為中心的連類書寫。〈羅浮山銘〉是由「羅浮山」牽聯起一張典故知識網，而〈天柱山銘〉、〈玉帳山銘〉、〈吹臺山銘〉、〈望美人山銘〉、〈至仁山銘〉、〈明月山銘〉、〈行雨山銘〉、〈仙室山銘〉則是從「天柱」、「玉帳」、「吹臺」、「美人」、「至仁」、「明月」、「行雨」、「仙室」出發，連結相關的知識體系。「類書」與「文集」的興盛當然是隸事行為得以出現的重要條件[54]，然而以山或山名為中心連類的書寫模式，也不能忽略與當時整體地理書寫的關係。觀察六朝地方誌內容，解釋地名由來為其重要特色之一，後世地方誌多不述其由來，

51　鄭述祖〈重登雲峰山記〉：「天柱山者。亦是先君所號。以其孤上干雲，傍無嵾巇，因以名之。」見（清）嚴可均校輯：《全上古三代秦漢三國六朝文》（北京：中華，1999年），頁3864。

52　見第一章的討論。

53　參（清）宋廣業編：《羅浮山志會編》（海口：海南出版社，2001），卷4，頁81-84。

54　王夢鷗：〈漢魏六朝文體變遷之一考察〉，《傳統文學論衡》（臺北：時報，1987），頁114-126。

而所記述命名緣由多依形狀、物產、神話傳說、故實等等[55]，也許不排除當中有考察實證的精神，但在建構地名的知識體系時，其實也不乏虛構想像的成分。試讀：

> 西山中峰最高頂名鶴嶺，即子喬控鶴經過之所，壇在鶴嶺之側。雲景鮮美，草木秀潤，異於它山。山側有土，名控鶴鄉。[56]

> 梁鮮二水口下流，有滇陽峽，長二十餘里，山嶺紆鬱，叢流曲勃，中宿縣有貞女峽，峽西岸水際，有石，如人形，狀似女子，是曰貞女，父老相傳，秦世有女數人，取螺於此，遇風雨晝昏，而一女化為此石。[57]

第一則資料不是在查究地名的由來，直接取用了王子喬的神話典故來解釋「鶴嶺」的得名[58]，或者應該說是從「鶴嶺」聯想到王子喬的神話典故，反倒印證、強化了既有的知識體系。王子喬的典故且猶如一個地理尺度，地景的塑造（「雲景鮮美，草木秀潤，異於它山」）也朝著這個尺度影響下的地名想像趨近。第二則資料以當地傳說來詮釋地名，不論傳說出自縣內父老，或根本是地記作者的杜撰，都很可能是一種從地名出發的「創作」。換句話說，解釋地名由來與從地名出發創作不一定是方向對反的詮

55　青山定雄作，顏安譯：〈六朝之地記〉，收入《叢書刊刻源流考》（中和書目論文集），中和月刊論文選集，第四輯（臺北：台聯國風，1974），頁62-63。

56　《太平御覽‧地部十九》引雷次宗《豫章記》，見（宋）李昉：《太平御覽‧地部十九》（石家莊：河北教育，1994），卷54，頁495。

57　《藝文類聚》引王韶之《始興記》，見（唐）歐陽詢：《藝文類聚》（上海：上海古籍，2007），卷6，頁106-107。

58　「王子喬者，周靈王太子晉也。好吹笙作鳳凰鳴。游伊、洛之間，道士浮邱公接以上嵩高山。三十餘年後，求之於山上，見桓良，曰：『告我家，七月七日待我於緱氏山巔。』至時，果乘白鶴駐山頭，望之不得到，舉手謝時人，數日而去。亦立祠於緱氏山下，及嵩山首焉。」見王叔岷：《列仙傳校箋》（北京：中華書局，2007），頁65。

釋行為，而可能是同向的建構；同時可以發現，理論上，命名是對地景的
第一層的詮釋或意義的製造[59]，再從地名出發聯想則是第二層，這個區分
也未必能夠那麼清楚，如果「最初」的命名者好似無法確考的荒渺傳說，
每一個詮釋都可以是互相獨立的。

　　這樣的角度下，山／水銘文以山或山名為中心的連類現象，或許早已
是熟悉慣用的模式，每一篇銘文也都是對這座山（名）所做的一次詮釋。
〈羅浮山銘〉是挑選剪裁與羅浮山相關的典籍知識作出他對羅浮山的詮
釋，〈天柱山銘〉是針對自己的命名所作的詳解，〈明月山銘〉是從山景來
詮釋山名開始：

> 竹窗標嶽，四面臨虛。山危簷迴，葉落窗疏。看椽有笛，對樹無
> 風。風生石洞，雲出山根。霜朝唳鶴，秋夜鳴猿。堤梁似堰，野路
> 疑村。船橫埭下，樹夾津門。寧殊華蓋，詎識桃源？[60]

「竹窗標嶽，四面臨虛」之景，是以那扇竹窗比擬孤懸的明月，銘文從
這個焦點再演繹整體山景的描寫。倪璠另有解讀，引《荊州記》「巴東三
峽巫峽長，猿鳴三聲淚沾裳」以釋「鳴猿」，「以山名明月，若巴東三峽
矣」[61]，也透露從山名展開聯想的寫／讀策略。銘文結束在彷彿終南山的
華蓋樹與武陵桃源的景色，這裡可以看出典故知識的角色，與在〈天柱山
銘〉、〈羅浮山銘〉中的差別之一——若說在〈天柱山銘〉、〈羅浮山銘〉

59　段義孚從《創世紀》上帝授予亞當命名的權利與能力的角度，指出（為地方）命名具
　　有創造性的能力，使事物進入存有、可見的世界，並賦予某種特性。見 Yi-Fu Tuan,
　　"Language and the Making of Place: A Narrative-Descriptive Approach," *Annals of the
　　Association of American Geographers* 81, no. 4 (Dec. 1991): 688-689.

60　（北周）庾信撰，（清）倪璠注，許逸民校點：《庾子山集注》（北京：中華，1980），
　　頁 700。

61　同前註，頁 701。

中是同心圓式的，在此則是量尺式的。

　　庾信、蕭繹的山／水銘文並不拒斥親身體驗，但每每以作為地理尺度的典故與耳目見聞的山水互相衡量、檢驗，這裡可以瞥見類書編纂如何影響了人們與現實世界的關係[62]。這把量尺既可與被度量的對象相合，亦有相差出入的情況，比如〈行雨山銘〉、〈望美人山銘〉、〈吹臺山銘〉所顯示的：

> 山名行雨，地異陽臺。佳人無數，神女羞來。翠幔朝開，新妝旦起。樹入床頭，花來鏡裏。草綠衫同，花紅面似。開年寒盡，正月遊春。俱除錦陝，併脫紅綸。天絲劇藕，蝶粉生塵。橫藤礙路，弱柳低人。誰言洛浦，一箇河神。[63]

> 高唐礙石，洛浦無舟。何處相望，山邊一樓。峯因五婦，石是三侯。險踰地肺，危陵天柱。禁苑斜通，春人常聚。樹裏聞歌，枝中見舞。恰對妝臺，諸窗畫開。斜看已識，直喚便迴。豈同織女，非秋不來？[64]

> 江寧吹嶺，雖山出筍。秦簫下鳳，此岫為真。青槐避日，朱草司

62　「類書其實是一種形式特殊的選集，它的分門別類，反映了一個時代的知識結構，反映了時人對宇宙的理解……展現了……人們對宇宙萬物的精心整理、分類和組織結構，反映了……人們的世界觀……類書的分類結構，以及每一條目下面包含的文本範例，構成了人們理解一種事與物的語境。見田曉菲：《烽火與流星：蕭梁王朝的文學與文化》（北京：中華，2010），頁 63。「類書對大量前人詩句的聚合，不只是提供了摹仿的範本，更重要的是，這些詩句遮蔽了習誦者，模糊了他們觀照現實世界的視線……類書不僅自身構築了豐富的互文性空間，同時它還在一定程度上改變了中國古代詩人與他們身處其中的現實世界的關係。」見焦亞東：〈互文性視野下的類書與中國古典詩歌──兼及錢鐘書古典詩歌批評話語〉，《文藝研究》2007 年第 1 期，頁 69。

63　（北周）庾信撰，（清）倪璠注，許逸民校點：《庾子山集注》（北京：中華，1980），頁 701。

64　同前註，頁 698。

晨。石名新婦，樓學仙人。吳中字玉，城南姓秦。比花依樹，登榭
要春。舞能留客，聲便度新。雕梁數振，無復輕塵。[65]

〈行雨山銘〉一開頭的「山名行雨，地異陽臺。佳人無數，神女羞來」，
明確點出山名，並從山名聯想到高唐神女，也一併指出行雨山與神女朝暮
所在的陽臺有所差異，神女只有一位，在此遊春的佳人卻無數，又好似洛
浦無數的神女，銘文末尾的洛神之典反過來被重新詮釋[66]。〈望美人山銘〉
起始的「高唐礙石，洛浦無舟。何處相望，山邊一樓」，也從山名「美人」
勾連上高唐、洛水的神女典事，把邊樓望美人山與高唐受石阻礙、洛浦無
舟可近神女相比，「高唐」可說是合於尺度，「洛浦」則削足適履地改造
了有舟的原典。接下來的「五婦」、「三侯」亦屬合度，「地肺」、「天柱」
便顯得量尺過短，最後的「織女」處於一個度量未決的邊緣[67]。〈吹臺山
銘〉亦先與生簫管竹的鼓吹山、秦穆公為弄玉所作的鳳臺比較，但都比不
上吹臺山「為真」，而此山的石和樓，則與蜀婦所化之石、仙人所好居之
樓相近，山中的樂歌聲也如善歌者虞公能聲動梁塵。唯一讓人不安的是
「吳中字玉，城南姓秦」，吳王夫差小女紫玉與城南秦氏女羅敷的故事，並
沒有跟什麼互相比量，且與上下文意難以貫通，我們或許可以尋索出，韓
重在紫玉墓前的弔歌提及鳳凰的堅貞之愛，可以引連上蕭史、弄玉的愛情
和鳳臺，也能與羅敷拒絕誘引的忠貞繫串起來[68]，但這兩個典故更像是因
為存在某種程度的關聯，而為了引用而引用，彰顯引用的樂趣和博雅的素

65　(北周）庾信撰，（清）倪璠注，許逸民校點：《庾子山集注》（北京：中華，1980），
　　頁 697。

66　相關註解見倪璠注，同前註，頁 701-702。

67　相關註解見倪璠注，同前註，頁 698-699。

68　相關註解見倪璠注，同前註，頁 697-698。羅敷事可參〈陌上桑〉，逯欽立輯校：《先秦
　　漢魏晉南北朝詩》（北京：中華，2006），頁 259-261。

養，甚至是逞才的意味[69]，都勝過於為了完成文意的結構，好似典故的量尺在測量中途，被持有者不禁拿起來把玩。最後一句「雕梁數振，無復輕塵」，顯然已超乎眼見，進入了想像層次，值得注意的是，想像的運作在此乃以典故為根柢——典故，與體驗一樣都可作為想像的素材[70]。

〈玉帳山銘〉、〈仙室山銘〉中的描繪，就幾乎皆為想像之景，現實即將撤退殆盡：

> 玉帳寥郭，崑山抵鵲。總葉成帷，連雲起幕。玉策難移，金花不落。隱士彈琴，仙人看博。巖留舊鼎，竈聚新荊。煮石初爛，燒丹欲成。桑田屢變，海水頻盈。長聞鳳曲，永聽簫聲。[71]

> 太華削成，本擅奇聲。峯如雪委，嶺若蓮生。雲除紫蓋，霞通赤

69　「使事用典……是貴遊生活中的一種賞玩；使事用典本身就是目的，是趣味之所在了。」「援引典故事例是展示士族與知識階層所謂『博雅』的一種文化素養，而士族與知識階層也藉此取獲或保障其在政治社會上的優勢地位……是知識階層用以彰明身份並藉以相互認同的一種文化上的象徵形式。」見蔡英俊：〈「擬古」與「用事」：試論六朝文學現象中「經驗」的借代與解釋〉，中央研究院文哲所編：《文學、文化與世變》（臺北：中央研究院文哲所，2002），頁 87、88-89。

70　蔡英俊提到，「陸機所提出的『頤情志於典墳』的觀念，強調透過典籍所取得的客觀認知經驗也可以是創作活動的依據與題材，這或許反映了當時借用典籍以表達情思意念的語用習慣，並且預示了魏晉以降文學論述所揭示的經驗借代與想像創造的論題。」他舉鄭玄家兩婢女援引《詩經》詩句對話為例，指出「使事用典固然需要以學識為根柢，即如想像力的培養又何嘗不要『積學以儲寶』以獲致『博而能一』的功效？」又舉像江淹〈恨賦〉、〈別賦〉通篇皆由典故接串與情境想像寫定的作品，是一種藝術創造力的展現：「衡量文學藝術創作的標準，當然一部分得自於情性內容的真實性與真誠度，但也有一部分來自於作家對於形式要素的琢磨推敲，而二者都可能顯現為對於生活經驗的解釋與表現，不論這樣的生活經驗是如實切身的，抑或衹是虛擬想像的。如此的藝術創造力，正是江淹亟欲申明的一種審美理想與審美典式，而他個人也在創作實踐中具體揭示了此種審美理想」，見蔡英俊：〈「擬古」與「用事」：試論六朝文學現象中「經驗」的借代與解釋〉，中央研究院文哲所編：《文學、文化與世變》（臺北：中央研究院文哲所，2002），頁 90-91。

71　（北周）庾信撰，（清）倪璠注，許逸民校點：《庾子山集注》（北京：中華，1980），頁 695。

城。金壇是錄，玉記題名。鳳依桐樹，鶴聽琴聲。殿接南箕，橋連
北斗。秋河徙帶，春禽銜綬。朱鳥安窗，青龍作牖。[72]

西王母曾與周穆王相會於「玉帳」[73]，或可由此理解，跟「仙室」一樣，
都是從山名試圖營造仙界的氛圍。「崑山抵鵲」的引用也顯得有點刻意，
「崑山之旁，以玉璞抵烏鵲」費力地與「玉帳」拼合起來[74]。儘管看到「總
葉成帷，連雲起幕」可能是描寫現實景象，但後面大幅的想像畫面掩蓋了
此句的現實感。〈仙室山銘〉首先與華山相比擬，「峯如雪委，嶺若蓮生」
彷彿實景，然而「雲除紫蓋，霞通赤城」之後便巧妙地滑進想像領域。重
點也許不在於〈玉帳山銘〉與〈仙室山銘〉中的名物、事件是否實際存
在、發生過，或追問有沒有親身經驗的基礎，因為這一片視域實已經過多
重角度的折射變形，典故不再是「量尺」，而是橫亙於作者與山水間的「稜
鏡」了[75]。而我們或許也可以看到這兩種使用方式並存於同一件作品裡，
如〈至仁山銘〉：

72　（唐）歐陽詢：《藝文類聚》（上海：上海古籍，2007），卷 7，頁 128。

73　「西王母乘翠鳳之輦而來，前導以文虎、文豹，後列雕麟、紫麕。曳丹玉之履，敷碧
蒲之席，黃莞之薦，共玉帳高會。」見（晉）王嘉撰，（梁）蕭綺錄，齊治平校注：《拾
遺記》（北京：中華書局，1981），卷三〈周穆王〉，頁 65。

74　相關註解見倪璠注，（北周）庾信撰，（清）倪璠注，許逸民校點：《庾子山集注》（北
京：中華，1980），頁 695-696。

75　「量尺」與「稜鏡」二詞受鄭毓瑜啟發，鄭毓瑜在討論黃遵憲《日本雜事詩》的典故
運用時曾說：「黃遵憲作為拉連起舊詩語與新世界的中介人，舊詩語如同隨身攜帶的
準繩，方便『合於尺度』的勾繪，但是有時候詩語提供的這把尺度也可能過短過長、
過寬過窄，尺度外的差異反過來也有可能重新詮釋這些舊詩語。換言之，舊詩語的使
用與再詮釋，也是一種知識體系的轉換史，更是新舊知識如何擴張或減縮的領地變邊
史。」「正是這套舊詩體式及其背後龐大的連類知識體系，彷彿三稜鏡般使得所有通
過它的事物，產生了意義上的折射作用，才出現如此交錯疊映的情境、曲折繁複的意
味，如此可以回應古、今或新、舊的多面向寄託的『異域』、『他方』。」但本文強調典
故作為「稜鏡」而折射出「想像」的視域。鄭毓瑜的說法見鄭毓瑜：《引譬連類：文學
研究的關鍵詞》（臺北：聯經，2012），頁 300、324。

峯橫鶴嶺，水學龍津。瑞雲一片，仙童兩人。三秋雲薄，九日寒
新。真花暫落，畫樹長春。橫石臨砌，飛簷枕嶺。壁繞藤苗，窗銜
竹影。菊落秋潭，桐疏寒井。仁者可樂，將由愛靜。⁷⁶

如果同意銘文中一切名物的連類意趣歸趨於「至仁」，「峯橫鶴嶺，水學
龍津」是以王子喬控鶴所經山嶺與龜魚薄集的龍門⁷⁷為比擬尺度；「瑞雲一
片，仙童兩人」之句，或許是將所見的浮雲與行人想像為瑞雲、仙童，或
許根本沒有看到什麼而出於虛構，皆為透過「至仁」相關的知識體系之鏡
片生發的想像，只是這個體系範圍已包含瑞雲、仙童等等，不限於孔子的
「仁者樂山……仁者靜」⁷⁸了。

　　從使事用典到想像虛構，前者著重經驗知識的會聚效應或借代類比，
後者強調以經驗知識為材料，構建超乎親歷體驗的山水風景，無論如何，
這些以山或山名為中心連類的山／水銘文，都脫離了山水文學最被關注的
「巧構形似」的論述場域，不再追求瞻言見貌，而傾向經營一「自涵的世
界」⁷⁹。

76　（北周）庾信撰，（清）倪璠注，許逸民校點：《庾子山集注》（北京：中華，1980），
　　頁 699。

77　倪璠的註解，同前註，頁 699-700。

78　子曰：「知者樂水，仁者樂山；知者動，仁者靜；知者樂，仁者壽。」見（魏）何晏
　　注，（宋）邢昺疏：《論語注疏》（臺北：藝文印書館，1965，十三經注疏本），卷 6〈雍
　　也〉，頁 54-2。

79　高友工認為「詠物詩與詠懷詩對律詩的影響在其詩人的觀念上。提出詩的創作不妨自
　　首句起割斷了詩與外在世界間的單純聯繫，而導向一自涵的世界，這是詩關於物的獨
　　特設想」。參高友工〈中國抒情美學〉，收入柯慶明、蕭馳編：《中國抒情傳統的再發
　　現》（下冊）（臺北：國立臺灣大學出版中心，2009），頁 587-638。引文見頁 619。

從連類到「想像」的入唐

　　本章討論的題詠性山／水銘文，一方面呼應了以身體行動連類名物的模式，一方面也展現出另一種以山或山名為中心連類事物的方式。若比較蕭綱和庾信同題的〈行雨山銘〉、〈明月山銘〉，就會看到兩種模式如何分別營造出不同「種類」的地方；而再拿庾信〈行雨山銘〉、〈明月山銘〉與〈玉帳山銘〉、蕭繹〈仙室山銘〉對照，又會呈現典故作為量尺或稜鏡，造就了相異的地理種類[80]。

　　儘管同樣體現了由寓目身觀開發出新的山水風貌，這些山／水銘文與備受研究關注的山水詩賦之間，仍有許多重合錯異的特色。例如王夫之《古詩評選》論到袁弘〈從征行方頭山詩〉說：「亦似銘似贊，故近人亦知賞之。既似銘贊，則更非詩矣」[81]，對王叔之〈遊羅浮山詩〉也說：「似贊似銘似頌，尤四言本色。凡似贊似銘似頌者，皆促地鄰充里長，亦可哀耳。近人顧或喜之」[82]，便指出四言（山水）詩與四言應用韻文之間的相似，且流露對文體混淆的不認同。古典文論在區辨文體的時候，標明文體風格是一種重要方式。〈文賦〉形容銘文「博約而溫潤」，李善注：「博約，謂事博文約也。銘以題勒示後，故博約溫潤」，五臣張銑注：「博謂意深，

80　營造不同「種類」的地方，可參 Neil Smith 的說法，見 Linda Mcdowell 著，徐苔玲、王志弘合譯：《性別、認同與地方：女性主義地理學概說》（臺北：群學，2006），〈導論〉頁 5。

81　（清）王夫之評選，張國興典校：《古詩評選》（保定：河北大學出版社，2008），頁111。〈從征行方頭山詩〉：「峨峨太行，凌虛抗勢。天嶺交氣，窈然無際。澄流入神，玄谷應契。四象悟心，幽人來憩。」見逯欽立輯校：《先秦漢魏晉南北朝詩》（北京：中華，2006），頁 920。《藝文類聚》題為〈從征行方山頭詩〉，見（唐）歐陽詢：《藝文類聚》（上海：上海古籍，2007），卷 7，頁 135。

82　同前註，頁 116-117。〈遊羅浮山詩〉：「菴藹靈岳，開景神封。綿界盤址，中天舉峯。孤樓側挺，層峀迴重。風雲秀體，卉木媚容。」見逯欽立輯校：《先秦漢魏晉南北朝詩》（北京：中華，2006），頁 1129。

約謂文省」[83]。《文心》的說法基本上相同：「銘兼褒讚，體貴弘潤」[84]，並統合箴銘而言：「義典則弘，文約為美」[85]，但傳統文論皆從褒讚、警戒論銘文的功能，而以博約溫潤總括這兩類銘文的風格，這樣的風格語詞是否能一併涵括始終遭忽略的題詠性銘文，作為與其他文體分別的特色？尚且，我們也有理由質疑「溫潤」是不是在描述銘文的風格[86]。可能需要承認，從文體風格談山／水銘文、山水詩、山水賦的差別，是一有所缺陷的方式。

回到山／水銘文與其他文類最明顯的不同——「四言」形式來說，四言韻語成為銘文創作的固定體制，乃自魏晉南北朝起始，在這之前，形式是疏散無序的，唐宋以後又打破四言的格局，尋求參差錯落之致[87]。四言句式本不限用於銘文，隨著四言「正體」觀念逐漸深化，漢以後的四言詩主要用於正式場合，頌讚銘箴、誄碑哀弔等應用韻文也喜用四言句式，均與因應場合需要有關。選用四言不只是風格問題，也與「正體」背後的政教意義密切聯繫。四言詩的發展自有流變興衰，內容主旨如頌美、戒勉、抒情、玄言等等[88]，與銘文的褒讚、警戒、題詠且有重合之處，就山水題材來說，四言詩、銘之間明顯有區分上的困難，南朝之前的一首的四言山

83　（梁）蕭統編：《增補六臣注文選》（臺北：華正書局，1977），卷 17，頁 310。

84　（梁）劉勰著，周振甫注：《文心雕龍注釋》（臺北：里仁，1984 年），頁 200。

85　同前註，頁 201。

86　宇文所安提出：「『博約』當然是矛盾的。李善給出了一個合理解釋：『事博文約』。『銘』經常被刻在一個不大的物件如禮器、鏡、劍之上，它讓我們看到了一個有趣的方面：文體的物質層面對風格特質的影響。『溫潤』用以描述君子的性格特徵，它與溫柔順從有關，經常與儒家價值『仁』聯繫在一起。『銘』本身不要求『溫潤』與之相配，『溫潤』一辭出現在這裡似乎是為了平衡下一行『箴』的嚴肅特徵。」見宇文所安著，王柏華、陶慶梅譯：《中國文論：英譯與評論》（上海：上海社會科學院，2003）頁 135。

87　參劉玉珺：《先唐銘文研究》（桂林：廣西師範大學中國古代文學碩士論文，2002），頁 26。

88　先秦至東晉的四言詩題材和發展參崔宇錫：《魏晉四言詩研究》（成都：巴蜀書社，2006），「正體」觀念與四言形式在應用韻文的使用情形，見頁 15-27。

水詩，與那些以體驗為中心連類的山水銘文，閱讀經驗幾無不同[89]，之所以稱為「銘」，很可能還是「銘刻」的因素。即使四言詩到梁代仍被認為是「正體」，五言詩為「流調」[90]，不過四言詩在東晉陶淵明之後已式微，五言詩的重要性在南朝逐漸增加，自謝靈運起，山水詩以五言為主流，從敘述描寫的功能而言，五言的確比四言具有優勢，鍾嶸說四言「每苦文繁而意少，故世罕習焉」，而五言「豈不以指事造形，窮情寫物，最為詳切者耶！」[91]五言比四言多增加一字，就等於增加一個相對獨立的語義單位，甚或增加一個句子[92]，那麼南朝作家，例如蕭綱，既可以選擇創作五言山水詩，何以同時書寫功能「落後」的四言題詠性山／水銘文？魏晉的四言取向或可說受崇儒、玄學清談影響[93]，但到了梁代，時過境遷，如果無法由功能優劣、思想風潮解釋，也許仍值得考慮「銘刻」與「正體」意識的持續作用，而且是作用在褒讚、警戒之外的題詠一類上。

　　至於賦、銘的比較，除了這兩種因素，還要考慮別的影響。賦、銘的界線在漢代並不嚴格鮮明，例如劉歆四言的〈燈賦〉「讀起來就好似一篇

89　其他的例子如王彪之〈登會稽刻石山詩〉：「隆山嵯峨，崇巒岧嶢。傍覜滄洲，仰拂玄霄。文命遠會，風淳道遼。秦皇遐巡，邁茲英豪。宅靈基阿，銘跡峻嶠。青陽曜景，時和氣淳。脩嶺增鮮，長松挺新。飛鴻振羽，騰龍躍鱗。」桓玄〈登荊山詩〉：「理不孤湛，影比有津。曾是名岳，明秀超鄰。器栖荒外，命契響神。我之懷矣，巾駕飛輪。」分見逯欽立輯校：《先秦漢魏晉南北朝詩》（北京：中華，2006），頁921、932。

90　（梁）劉勰著，周振甫注：《文心雕龍注釋》（臺北：里仁，1984 年），〈明詩〉，頁85。

91　王叔岷：《鍾嶸詩品箋證稿》（臺北：中央研究院中國文哲研究所，1992），頁69。

92　四言詩與五言詩的語法結構分析與比較，參趙敏俐：《兩漢詩歌研究》（臺北：文津，1993），頁210-222。

93　魏晉四言詩流行的思想背景，可參崔宇錫：《魏晉四言詩研究》（成都：巴蜀書社，2006），頁72-235。

銘文」[94]，將漢代銘文視為詠物短賦的看法並不令人意外[95]；李尤同題的賦、銘之作涉及誦刻、長短需求不同的可能；另外像第一章提到的班固〈封燕然山銘並序〉，可見大賦、騷體影響銘文書寫的一面。但針對山水題材，宏觀地說，山水詩基本上是處理一時一地、一次性的即目體驗，其本質是限知的、原發的，至於山水賦，由於賦的目的是「說盡為止」[96]，而且「描寫事物一般『是』什麼樣子或『應該是』什麼樣子」（詩為表現事物處在某一特定條件下的樣子）[97]，賦的作者「『給事物以規範性體現』，也就是描述它的各個部分、各個本質方面以及它的各個形成階段」[98]，展現出鋪敘的全知世界[99]。暫且不論想像之遊、隱喻象徵化的作品，那些表述身歷山水經驗的山水賦，如謝靈運〈山居賦〉以窮究歷覽的身體行動，不論是構造了八方殊異的山川關係，或體現交錯跨類的空間體驗[100]，皆是將歷時性的累積經驗鋪衍為一個平面，消解了時間性；又如張融〈海賦〉敷陳海上經歷至窮盡不能加的地步，企圖苞括所有面向[101]，不同於引證精

94　田曉菲：《烽火與流星：蕭梁王朝的文學與文化》（北京：中華，2010），頁 161，註 3。劉歆〈燈賦〉：「惟茲蒼鶴，修麗以奇。身體劍削，頭頸委蛇。負斯明燭，躬含冰池。明無不見，照察纖微。以燭復畫，烈者所依。」見（清）嚴可均校輯：《全上古三代秦漢三國六朝文》（北京：中華，1999 年），頁 346。

95　「漢銘大都為四言，又可看作四言的詠物小賦」，「銘和賦均可用以詠物抒情，兩者間是並無嚴格界線的」見萬光治：《漢賦通論》（北京：中國社會科學，2004），頁 111、112。

96　宇文所安著，王柏華、陶慶梅譯：《中國文論：英譯與評論》（上海：上海社會科學院，2003），頁 79。

97　同前註，頁 78。

98　同前註，頁 134。

99　山水詩與山水賦在限知和全知本質上的比較，參蕭馳：〈郭象玄學與山水詩之發生〉，《中國思想與抒情傳統第一卷：玄智與詩興》（臺北：聯經，2011），頁 258-270。

100　參鄭毓瑜：〈身體行動與地理種類——謝靈運《山居賦》與晉宋時期的「山川」、「山水」論述〉，《文本風景》（臺北：麥田，2014），頁 347-390。

101　參《南史》張融傳：「又作海賦，文辭詭激，獨與眾異。後以示鎮軍將軍顧覬之，覬之曰：「卿此賦實超玄虛，但恨不盡鹽耳。」融即求筆注曰：「漉沙構白，熬波出素，積雪中春，飛霜暑路。」此四句後所足也。見（唐）李延壽：《南史》（臺北：鼎文，

審，也不憚於虛誕誇飾。這樣看來，以身體為中心連類名物的山／水銘文
毋寧較接近山水詩的同一時地、單一事件的經驗書寫，不像山水賦的窮盡
鋪敘乃至於誇張描繪。

　　山水文學如何進行跨文類的比較，也許沒有一個絕對或完美的方式，
以上的討論可以說是從身體行動與名物連類的層面切入，試圖回應傳統論
述與當代研究成果中關於山水文學的核心議題。接下來，假如嘗試從山／
水銘文以山或山名為中心連類事物的現象反照其他文類，我們或能有新的
角度觀看山水文學，發現值得進一步探究的問題。

　　雖然詠物與山水在現代習分為二類而不混談，然而這一類山／水銘文
與辭賦、詠物詩共有一個特徵，即圍繞一個中心「前後左右廣言之」。山
水賦以題目之某山某水為中心，總攬身體經驗與典籍知識，在這一點上，
山／水銘文與之相仿，惟相對於賦龐大的宇宙圖式，山／水銘文僅是簡約
的「小宇宙」了。山水詩也有類似可以開展的論述，如江淹有意無意開
啟，而正式由何遜在詩中創造出「畫意化」之「景」，這具有中心視象的
畫意空間的營造，亦被認為與辭賦、詠物詩有關，標誌著山水風景從注重
經驗到注重畫意的變化[102]。在詩的類別中尚有梁代庾肩吾〈賦得山〉這種
宮廷宴會上的分題創作[103]，面對「山」的題目，宮廷文人必須搜尋所有關

1981），卷 32，頁 833。以及《藝概》：「張融作〈海賦〉，不道鹽，因顧愷之之言乃益
之。姚鉉令夏竦為〈水賦〉，限以萬字。竦作三千字，鉉怒，不視，曰：『汝何不於水
之前後左右廣言之？』竦益得六千字。可知賦須當有者盡有，更須難有者能有也。」見
（清）劉熙載：《藝概》（上海：上海古籍出版社，1978），卷 3，頁 86-87、99。

102　參蕭馳：〈南朝詩歌山水書寫中「詩的空間」的營造〉，《中國文哲研究集刊》第 40 期
　　（2012 年 3 月），頁 1-40。該文所謂「畫意化」係指「在呈現一時一地歷經的風景時，
　　通過彰顯中心視象和色調、情調和氣氛中的統一性而營造出美學意義上的同質空間」，
　　見頁 2 之註 6。

103　「層雲霏峻嶺，絕澗倒危峰。剗削臨千仞，嵯峨起百重。行曦上杳杳，結霧下溶溶。
　　仁心留此屬，休奉愧群龍。」見逯欽立輯校：《先秦漢魏晉南北朝詩》（北京：中華，
　　2006），頁 1998。

於「山」的知識記憶、故事詞語，才能徵引編寫，其實早在晉宋時期不少圖贊、山水贊已採相同模式。郭璞《山海經圖贊》中針對山海經中的山、水寫了不少贊文，如〈太室山贊〉、〈華山贊〉、〈弱水贊〉等等[104]，《爾雅圖贊》中有〈崑崙丘贊〉[105]，是使用關於特定山、水的知識典故來說明該山該水；至於庾肅之、戴逵的〈山贊〉，以及顧愷之、戴逵、孔甯子、庾肅之、殷仲堪、曇無識的〈水贊〉[106]，郭璞《爾雅圖贊》的〈釋水贊〉[107]，是將屬於更大類別的「山」、「水」作為一物來說明，這類賦得詩作、山水賦贊與銘文都不是將「（某）山」、「（某）水」當成精確定義的符號，不是視作客觀外在的「對象」，或自然科學上的「物質」，而是擷取並回歸傳統知識記憶的資料庫，不斷揭露它們所在的類物環境與類應模式[108]。

　　以山或山名為中心連類事物的山／水銘文，猶涉及使事用典與想像虛構的議題，以此為觸媒，或有潛能稍微鬆動山水文學研究對於「形似」論述的固著性。山水賦中的典故，密切影響權力空間與神聖空間的塑造，但如山水與隱逸、山水與園林、擬騷與山岳等等面向，其中典故的作用，尚需深入釐清[109]。至於山水詩，從奠定者謝靈運開始，其詩不僅「尚巧似」[110]，亦「合詩、易、聃、周、騷、辯、仙、釋以成之」[111]；直到六朝

104　見（清）嚴可均校輯：《全上古三代秦漢三國六朝文》（北京：中華，1999 年），頁 2165-2170。

105　（唐）歐陽詢：《藝文類聚》（上海：上海古籍，2007），卷 7，頁 131。

106　分見（清）嚴可均校輯：《全上古三代秦漢三國六朝文》（北京：中華，1999 年），頁 1682、2249、2236、2249、2587、1682、2236、2771。

107　（唐）歐陽詢：《藝文類聚》（上海：上海古籍，2007），卷 8，頁 150。

108　關於中國古典詩文傳統的物類關係體系的討論，參鄭毓瑜：《引譬連類：文學研究的關鍵詞》（臺北：聯經，2012），頁 231-266

109　吳翊良在其碩論最後述及有待未來深入研究的方向，見吳翊良：《空間‧神話‧行旅——漢晉辭賦中的「山水書寫」研究》（臺南：國立成功大學碩士論文，2007），頁 279-280。

110　王叔岷：《鍾嶸詩品箋證稿》（臺北：中央研究院中國文哲研究所，1992），頁 196。

111　黃節：《謝康樂詩注》（臺北：藝文印書館，1987），頁 2。

末期的庾信，仍有許多呈現山水風景時用典的例子[112]，我們似乎還未深察
存在於「形似」與「用事」間的張力[113]。

　　「想像」、「神思」與「山水」、「自然」、「形似」、「游觀」等語詞的
關係或許更為繁雜[114]。「想像」如何作用於各文類的山水書寫中，又在各
文類有何不同的層次表現？例如，山水賦中的「想像」當然也與權力空間
和神聖空間的形塑有關，同樣有那些未釐清的面向外，像賦作中誇張虛誕
的山水書寫，或孫綽〈遊天臺山賦〉的想像之遊，是怎麼樣的「想像」？
蕭馳揭舉江淹、陰鏗之詩拓展出「超經驗化」的山水空間，「其中種種景
物，已非取自一時一地，而是任意剪裁重組」，在陰鏗筆下甚至成為超越
描述層面的「識象」[115]——這樣的「想像」，與那些構建虛擬之境的山／
水銘文又有所不同。蕭馳以為何遜的「畫意化」與陰鏗的「超經驗化」，
同屬高友工所謂的中國詩近體化過程中山水描寫「從外向內」的轉變[116]，
我們驀然回首這些「想像」的山／水銘文，隱約為此籠縱森沉的過程，另
鑿一痕等侯勘伐的蹤跡。

112　蕭馳提到自己在文中無暇展開的，由庾信詩發軔的山水呈現的隱喻化，見蕭馳：〈南朝
　　　詩歌山水書寫中「詩的空間」的營造〉，《中國文哲研究集刊》第 40 期（2012 年 3 月），
　　　頁 32。
113　山水詩中的用典研究，可參沈凡玉：〈由典故運用試論謝靈運詩與「楚辭」之淵源〉，
　　　《中國文學研究》第 18 期（2004 年 6 月），頁 55-84；李佩璇：〈謝靈運山水詩中的「靈
　　　域」書寫〉，《中國文學研究》第 28 期（2009 年 6 月），頁 109-135；田菱：〈風景閱讀
　　　與書寫——謝靈運的《易經》運用〉，收入劉苑如編：《體現自然——意象與文化實踐》
　　　（臺北：中研院文哲所，2012），頁 147-174。
114　這方面的討論，近期有 2008 年 11 月 28-29 日中研院文哲所主辦的「想像與自然」研討
　　　會。還有蔡英俊自 2008 年起的歷年國科會計畫，成果為專書《游觀、想像與走向山水
　　　之路：自然審美感受史的考察》（臺北：政大出版社，2018）。想像研究的專書可參黃冠
　　　閔：《在想像的界域上——巴修拉詩學曼衍》（臺北：國立臺灣大學出版中心，2014）。
115　蕭馳：〈南朝詩歌山水書寫中「詩的空間」的營造〉，《中國文哲研究集刊》第 40 期
　　　（2012 年 3 月），頁 32。所謂「超經驗化」，指「通過創造性想像將不同時地甚至不曾
　　　經驗的山水風景組織在詩歌藝術世界的一個空間之中」，見頁 2 之註 6。
116　蕭馳進一步概略勾勒唐代以後「景」的議題與杜甫夔州律詩的識象化，當中的間距不
　　　妨再開展細論。高友工的論述參高友工：〈中國抒情美學〉，收入柯慶明、蕭馳編：《中
　　　國抒情傳統的再發現》（下冊）（臺北：國立臺灣大學出版中心，2009），頁 587-638。
　　　尤見頁 619-620。

結論：記憶、實踐與再現

　　當代地理研究中的「地方」（place）不僅作為一有意義的區位（a meaningful location），也是一種觀看、認識和理解世界的方式[1]。本書最後將運用地方概念來綜述前面各章的研究成果，亦透過這樣的對話，再思地方與記憶、實踐、再現的關係。

　　褒讚性山／水銘文藉著銘刻於山石，傳達存之永遠的冀望，同時也在形塑空間的意義，山水不僅是具有物質性的地景，也是社會記憶生產與再生產的地方。不論是稱頌國家或先祖之德望、開發修整的功勞，都藉由銘刻的物質性，進行記憶的建構。透過文字、事件的剪裁隱揚，以及文章體式、典故成辭與譬喻框架的轉化運用，我們看見某些古今記憶被宣揚，某些則被排除，其中充滿了政治性[2]。即使是私人家族的情感記憶，也因政治職份和刊刻行為，成為銘記地景的公共記憶。依循銘文借助金石傳之久遠

1　「地方」是個爭議多端的概念，以各種面貌出現在大多數人文地理學研究中，但並不是人文地理學者的專用資產，見 Tim Cresswell 著，徐苔玲、王志弘譯：《地方：記憶、想像與認同》（臺北：群學，2006），頁 14-15、21-22、197。

2　地方與記憶的糾結，可參前揭書，同前註，頁 138-148。

的傳統，和「不是曾經發生了什麼，而是什麼被記得」、「稱美不稱惡」的
書寫慣習，這類山／水銘文不同於山水詩以巧構形似的手法書寫遊觀的即
目體驗，也比限於書面建構空間意義的山水賦多了物質性，著意的乃是如
何重編與安置記憶於地方。

　　警戒性銘文倚恃（器）物作為易於接近、看見的載體，發揮時時提醒
的效果，利用「物——事」的連結關係進行勸誡，但是，現存的三篇警戒
性山／水銘文顯然已不是那麼絕對依賴於勒石，呈現出更複雜的「物——
事」關係與警戒策略，山水以其險態分別連結安固與危懼，參與在銘文試
圖以險畏體驗、鑒史論證或會聚類推抵達警戒之途中。警戒性山／水銘文
固然亦協助創造了地方意義，不過重點猶在於建構地方鼓勵了哪些實踐形
式，又壓抑了哪些[3]，換言之，山水的空間意義建構不是終點，山水更是作
為促進實踐行動的中介。山水賦即或建構神聖空間或者權力空間，並沒有
促進行動的層面。山水詩或有「悟理」的部分，若可說從觀見體驗類推引
申而來，是作為陪襯的客位，而寓目之美觀、蘊真之實景仍居優先地位。
我們在山／水銘文中看到「審用貴乎盛德」的傾向，山水不妨以其在知識
體系中的某個切點，蜿蜒連結於某個道德價值觀念，來規約人們的日常行
動，〈劍閣銘〉取資於史鑒和天命，試圖壓抑人類的能動性（agency）。〈張
休崖涘銘〉影響行止實踐的來源是訴諸往來行者的險畏，而寓目身觀的體
驗在〈石帆銘〉中成為有效的導論，再經由情境連類，牽引出行動應服膺
的（未必是道德）價值原則，這裡所謂價值原則云云實則相當隱晦，明確

3　地方從未「完成」，而總是處於「流變」（becoming）之中，是過程和實踐的結果。人
　　類的能動性（agency）不是那麼輕易就能建構，而結構本身是透過能動者（agent）的
　　反覆實踐才構成的。地方裡結構和能動性的關係，是研究地方的一個重要焦點，參
　　Tim Cresswell 著，徐苔玲、王志弘譯：《地方：記憶、想像與認同》（臺北：群學，
　　2006），頁 59-63。頁 225 提供了一些建議研究方向，如：實踐與地方如何產生關係？
　　日常活動的重複如何產生特殊的地方感？如何建構地方來鼓勵某些實踐形式，並壓抑
　　其他實踐？

的是給予行動抉擇的開放性，〈張休崖涘銘〉和〈石帆銘〉對能動性展現了較為接納的態度。

銘刻行為虛化以後，銘文一方面揮別了載體的物質性，另一方面向其他文類的特性張開雙臂。題詠性山／水銘文的關注焦點在於如何再現地方，主要呈現二種書寫模式：其一就如一般談到晉宋以來的山水文學，以寓目身觀參與山水的審美觀照，以「形似」手法呈現山水的本來面目，乃基於身體行動的遊觀，以身體經驗為中心的連類書寫；另一種和詠物的模式雷同，可說是以一座山或山名為中心連類事物，使用大量的典故成辭來「說明」一座山，甚至突破經驗世界，營造想像空間。兩種模式分別營造出不同「種類」的地方，而在後一種模式裡，典故作為「量尺」或「稜鏡」，又造就了相異的地理種類。

第一種題詠性山／水銘文與山水詩之間最重大的差異，也許仍是銘文中的「銘刻」與「正體」意識的持續作用，但在全知鋪敘／限知即目這點上，又較接近山水詩的同一時地、單一事件的經驗書寫，不像山水賦的窮盡鋪敘乃至於誇張描繪。第二種題詠性山／水銘文圍繞一個中心「前後左右廣言之」，在這一點上，山水賦以題目之某山某水為中心，總攬身體經驗與典籍知識，兩者相仿，惟相對於賦龐大的宇宙圖式，山／水銘文僅是簡約的「小宇宙」。類似之書寫模式尚可在江淹之後山水詩「畫意化」的營造，以及賦得體、圖贊、山水贊之中見到。

從題詠性山／水銘文所揭示的「用事」與「想像」議題，重新切入觀察山水詩賦，就會發現許多有待探討的層面，諸如典故對空間塑造的作用、「形似」與「用事」的張力、「想像」的層次析辨等。題詠性山／水銘文的地方再現，從身體經驗的空間、典事尺量的空間，到超經驗化的想像空間，後者為中國詩近體化過程中山水描寫「從外向內」的轉變過程，在

何遜的「畫意化」和陰鏗的「超經驗化」之外，標示出了有待經始的第三維度。

附　錄

　　至今存留的唐前山／水銘文散見於史書、選集、總集、類書、別集、拓本彙編等卷帙中。如果有現成的校注本，本書即予以採用。若無，則選用目前所知最早的版本。以下按大致的作成時間羅列之，並將異文置於註腳，以供參照。

班固〈封燕然山銘並序〉[1]

　　惟永元元年秋七月，有漢元舅曰車騎將軍竇憲，寅亮聖明[2]，登翼王室，納于大麓，惟清緝熙。乃與執金吾耿秉，述職巡御[3]，理[4]兵於朔方。鷹揚之校，螭虎之士，爰該六師，暨南單于、東烏桓[5]、西戎氏羌侯王君長

1　大致作於「永元元年秋七月」，公元 89 年。見（劉宋）范曄撰，（唐）李賢等注，（晉）司馬彪補志：《後漢書》（臺北：鼎文，1981），卷 23〈竇融列傳〉，頁 815-817。

2　「明」，《文選》作「皇」。（梁）蕭統編，（唐）李善注：《文選》（上海：上海古籍出版社，1986），頁 2407。以下《文選》版本、頁碼皆同此。

3　「御」，《文選》作「禦」。

4　「理」，《文選》作「治」。

5　《文選》於「東」後有「胡」。

之羣，驍騎三萬。元戎輕武，長轂四分，雲[6]輜蔽路，萬有三千餘乘。勒以八陣，莅以威神，玄甲耀日，朱旗絳天。遂陵[7]高闕，下雞鹿，經磧鹵，絕大漠，斬溫禺以釁鼓，血尸逐以染鍔。然後四校橫徂，星流彗埽[8]，蕭條萬里，野無遺寇。於是域[9]滅區單[10]，反斾而旋，考傳驗圖，窮覽其山川。遂�踰涿邪，跨安侯，乘燕然，躡冒頓之區落，焚老上之龍庭。上[11]以攄高、文之宿憤，光祖宗之玄靈；下以安固後嗣，恢拓境宇，振大漢之天聲。茲所[12]謂一勞而久逸，暫費而永寧者也。乃遂封山刊石，昭銘上[13]德。其辭曰：鑠王師兮征荒裔，剗凶虐兮截海外，夐其邈兮亙地界，封神丘兮建隆喝，熙帝載兮振萬世。

李尤〈河銘〉[14]

洋洋河水，赴宗于海。經自中州，龍圖所在。黃函白神，赤符以信。昔有周武，集會孟津。魚入王舟，乃往克殷。大漢承緒，懷附逷鄰。邦事來濟，各貢厥珍。

6　「雲」，《文選》作「雷」。

7　「陵」，《文選》作「凌」。

8　「埽」，《文選》作「掃」，頁 2408。以下頁碼皆同此。

9　「域」，《藝文類聚》作「城」，見（唐）歐陽詢：《藝文類聚》（上海：上海古籍，2007），卷 7，頁 139。

10　「單」，《文選》作「嬋」。

11　《文選》於「上」前有「將」。

12　「所」，《文選》作「可」。

13　「上」，《文選》作「盛」。

14　（唐）歐陽詢：《藝文類聚》（上海：上海古籍，2007），卷 8，頁 157。李尤生卒約公元 44-126 年。

李尤〈洛銘〉[15]

洛出熊耳，東流會集。夏禹導疏，經於洛邑。玄龜赤字，漢符是立。帝都通路，建國南鄉。萬乘終濟，造舟為梁。三都五州，貢篚萬方。廣視遠聽，審任賢良。元首昭明，庶類是康。

李尤〈鴻池陂銘〉[16]

鴻澤之陂，聖王所規。[17]開源東注，出自城池，魚鱉熾殖，水鳥盈涯，菱藕狎獦，秔稻連畦，漸臺中起，列館參差，惟水泱泱，厥大難訾。[18]

〈張休崖涘銘〉[19]

太山雖高，無得而擬。劍道雖險，孰可為比。吁嗟此山，高且險只。上眠彼蒼，相去能幾。宜乎昆侖，日月所蔽。行人過茲，鮮不垂涕。深念于斯，刊銘崖涘。東漢延熹二年三月初□□□□張休。

15　（唐）徐堅：《初學記》（北京：中華書局，1962），頁 134。
16　「鴻」，《藝文類聚》作「洪」。（唐）歐陽詢：《藝文類聚》（上海：上海古籍，2007），卷 9，頁 170。
17　「鴻澤之陂，聖王所規」出自（後魏）酈道元注，楊守敬、熊會貞疏，段熙仲點校，陳橋驛復校：《水經注疏》（南京：江蘇古籍，1989），卷 16〈穀水〉，頁 298。
18　「開源東注……厥大難訾」出自《藝文類聚》，同註 16。
19　（宋）洪適：《隸續》（北京：中華書局，1985），卷 19，頁 443。東漢延熹二年三月初（159A.D.）刻。

傅玄〈華岳銘序〉[20]

易稱法象莫大乎天地。天以高明崇顯[21]，而岳配焉；地以廣厚為基，而岳體焉。若夫太華之為鎮也，五岳列位而存[22]其首，三條分方而處其中，故[23]能參兩儀以比德，協和氣之絪縕，故雲行與雨施，興雷風以動物，是以古先歷代[24]聖帝明王，莫不燔柴加牲，尊而祀焉。[25]於虞書，則西巡狩至于西岳，而親祭焉。於禮，則大司馬掌其分域，而大宗伯典其禮祀也。

曹翕〈是日登壽張安仁山銘〉[26]

正月七日，厥日惟人，策我良駟，陟彼安仁。

20　（唐）歐陽詢：《藝文類聚》（上海：上海古籍，2007），卷 7，頁 132。傅玄生卒約公元 217-278 年，《傅玄評傳》以為是傅玄隨司馬昭兩入關中時，即高平陵之變後（249）寫的作品，見魏明安、趙以武：《傅玄評傳》（南京：南京大學，1996），頁 97、426。《初學記》題為〈華嶽碑序〉，見（唐）徐堅：《初學記》（北京：中華書局，1962），頁 101。以下《初學記》出處皆同此。

21　「崇顯」，《初學記》作「為稱」。

22　「存」，《初學記》作「在」。

23　《初學記》無「故」。

24　《初學記》無「古先歷代」。

25　以下「於虞書……禮祀也」為《初學記》所無。

26　生卒及寫作時間不詳，《三國志‧魏書》：「東平靈王徽……正始三年（242A.D.）薨。子翕嗣」。見（晉）陳壽撰，（南朝宋）裴松之注：《三國志‧魏書》（臺北：鼎文書局，1980），卷 20，頁 745。《荊楚歲時記》：「正月七日為人日，以七種菜為羹，翦綵為人，或鏤金箔為人，以貼屏風，亦戴之以頭鬢，亦造華勝以相遺，登高賦詩。」以下按云：「郭緣生《述征記》云：『魏東平王翕，七日登壽張縣安仁山，鑿山頂為會望處，刻銘於壁，文字猶在。銘云：「正月七日，厥日為人，策我良駟，陟彼安仁。」』」見（梁）宗懍撰，（隋）杜公瞻注：《荊楚歲時記》（北京：中華書局，1991），頁 4。亦見（宋）李昉：《太平御覽‧時序部十五》（石家莊：河北教育，1994），卷 30，頁 256-257。《藝文類聚》則收為東晉李充〈登安仁峰銘〉，見（唐）歐陽詢：《藝文類聚》（上海：上海古籍，2007），卷 4，頁 60。

張載〈劍閣銘〉[27]

　　巖巖梁山，積石峩峩。遠屬荊衡，近綴岷嶓。南通邛僰，北達褒斜。狹過彭碣，高踰嵩華。惟蜀之門，作固作鎮。是曰劍閣，壁立千仞。窮地之險，極路之峻。世濁則逆，道清斯順。閉由往漢，開自有晉。秦得百二，并吞諸侯。齊得十二，田生獻籌。矧茲狹隘，土之外區。一人荷戟，萬夫趑趄。形勝之地，匪[28]親勿居。昔在武侯，中流而喜。山河[29]之固，見屈吳起。興實在[30]德，險亦難恃。洞庭孟門，二國不祀[31]。自古迄[32]今，天命匪[33]易。憑阻作昏，鮮不敗績。公孫既滅[34]，劉氏銜璧。覆車之[35]軌，無[36]或重跡。勒銘山阿，敢告梁益。

支遁〈天臺山銘序〉[37]

　　往天臺，當由赤城山為道徑。

27　約作於西晉太康三年（282）。（梁）蕭統編，（唐）李善注：《文選》（上海：上海古籍出版社，1986），卷56，頁2410-2412。

28　「匪」，《晉書》作「非」，見（唐）房玄齡：《晉書》（臺北：鼎文，1980），頁1516。以下《晉書》出處皆同此。

29　「山河」，《晉書》作「河山」。

30　「在」，《晉書》作「由」。

31　「洞庭孟門，二國不祀」，為《晉書》所無。

32　「迄」，《晉書》作「及」。

33　「匪」，《晉書》作「不」。

34　「滅」，《晉書》作「沒」。

35　「之」，《藝文類聚》作「遺」，見（唐）歐陽詢：《藝文類聚》（上海：上海古籍，2007），卷7，頁128。以下《藝文類聚》出處皆同此。

36　「無」，《藝文類聚》作「冈」。

37　出自孫綽〈遊天臺山賦〉李善注，見（梁）蕭統編，（唐）李善注：《文選》（上海：上海古籍出版社，1986），頁496。支遁生卒約公元314-366年。

孫綽〈太平山銘〉[38]

嶵嶻太平，峻蹦華霍。秀嶺樊縕，奇峯挺崿。上干翠霞，下籠丹壑。有士冥遊，默往奇託。肅形枯林，映心幽漠。亦既覲止，渙焉融滯。懸棟翠微，飛宇雲際。重巒蹇產，迴溪縈帶。被以青松，灑以素瀨。流風佇芳，翔雲停藹。

湛方生〈靈秀山銘〉[39]

巖巖靈秀，積岨幽重。傍嶺關岫，乘標挺峯。桂柏參幹，芝菊亂叢。翠雲夕映，爽氣晨蒙。籠籠疎林，穆穆閑房。幽室冬暄，清蔭夏涼。神木奇生，靈草貞香。雲鮮其色，風飄其芳。可以養性，可以栖翔。長生久視，何必仙鄉。

王珣〈虎丘山銘〉[40]

武丘山，先名海涌山。

支曇諦〈靈鳥山銘序〉[41]

昔如來游王舍城，憩靈鳥山。舊云，其山峯似鳥而威靈，故以為名焉。眾美咸歸，壯麗畢備。

38　（唐）歐陽詢：《藝文類聚》（上海：上海古籍，2007），卷 8，頁 145。孫綽生卒約公元 314-371 年。

39　同前註，卷 7，頁 128。湛方生活躍於四世紀晚期。

40　（宋）李昉：《太平御覽・地部十五》（石家莊：河北教育，1994），卷 50，頁 463。王珣生卒約公元 349-400 年。

41　同註 38，頁 141。支曇諦卒於東晉義熙七年五月（411A.D.）。

鮑照〈石帆銘〉[42]

應風剖流，息石橫波，下深地紉，上獵星羅。吐湘引漢，歙蠡吞沱，西歷岷冢，北瀉淮河。眇森弘藹，積廣連深，淪天測際，亙海窮陰。雲旌未起，風柯不吟；崩濤山墜，鬱浪雷沉。在昔鴻荒，刊啟源陸。表裏民邦，經緯鳥服，瞻貞視晦，坎水巽木，乃剡乃鏟，既刳既斷，飛深浮遠，巢潭館谷。涉川之利，謂易則難；臨淵之戒，曰危乃安。泊潛輕濟，冥表勤言，穆戎遂留，留御不還，徒悲猿鵠，空駕滄煙。君子彼想，祗心載惕。林簡松栝，水採龍鷀。覘氣涉潮，投祭涵璧，摸檢舍圖，命辰定歷。二崤虎口，周王夙趨，九折羊腸，漢惡電驅。潛鱗浮翼，爭景乘虛，衡石賾鮭，帝了察殂，青山斷河，后父沉軀。川吏掌津，敢告訪途。

伏曼容〈貪泉銘〉[43]

鄭道昭〈天柱山銘〉[44]

天柱山上東堪石室銘，魏祕書監司州大中正平東將軍光州刺史熒陽鄭道昭作其辭曰：孤峰秀峙，高冠霄星。實曰天柱，鎮帶萊城。懸崖萬仞，

42　（劉宋）鮑照著，丁福林、叢玲玲校注：《鮑照集校注》（北京：中華書局，2012），頁971。相關異文詳見此書。丁福林、叢玲玲認為約作於元嘉十三年（436A.D.）至十六年（439A.D.）之間。

43　存目。「昇明末，為輔國長史、南海太守，至石門作貪泉銘。」見（唐）李延壽：《南史》（臺北市：鼎文書局，1981），卷71，頁1731。昇明為南朝宋順帝劉準年號，公元477年7月至479年4月。

44　北京圖書館金石組編：《北京圖書館藏中國歷代石刻拓本匯編》（鄭州市：中州古籍社出版，1989），冊2，頁179。嚴可均從《天下名勝志》收錄至其《全上古三代秦漢三國六朝文》，題為〈天柱山銘〉，見（清）嚴可均校輯：《全上古三代秦漢三國六朝文》（北京：中華，1999年），頁3712。鄭道昭生卒約公元455-516年。以下《天下名勝志》出處皆同此。

峻極霞亭。接[45]日開月，麗景流精。朝暉巖室，夕曜松清[46]。九仙儀綵[47]，
余用栖形。龍游鳳集，斯處斯寧。淵綿言[48]想，照燭空溟。道暢時乘，業[49]
光幽明。雲門烟石，登之長生。

蕭綱〈行雨山銘〉[50]

巖畔途遠，阿曲路深。猶云息馭，尚且抽琴。茲峯獨擅，嶔崎千變。
却繞畫房，前臨寶殿。玉岫開華，紫水迴斜。谿閒聚葉，澗裏縈沙。月映
成水，人來當花。藤結如帷，磧起成基。芸香馥遷，石鏡臨墀。

蕭綱〈明月山銘〉[51]

迢遞峯長，威紆岳聚。既正書門，兼同天柱。非覓小山，寧論大庾。
豈學土龍，詎須石鼓。緅色斜臨，霞文橫竪。

蕭綱〈秀林山銘並序〉[52]

神山本名秀林山，或稱辰山，在華亭西北二十餘里，列九峯第四，僻
左一方，雖非巨麗，未經標品，而自古神仙，往往託跡，實震旦之靈臯

45　「接」，《天下名勝志》作「據」。
46　「清」，《天下名勝志》作「青」。
47　「綵」，《天下名勝志》作「彩」。
48　「言」，《天下名勝志》作「窮」。
49　「業」，《天下名勝志》作「曄」。
50　（唐）歐陽詢：《藝文類聚》（上海：上海古籍，2007），卷 7，頁 128。「藤」，《藝文
　　類聚》作「䕖」，疑為刻誤。蕭綱 531 年入東宮，551 年卒。
51　同前註。
52　嚴可均《全梁文》載輯自《文苑英華》，但《文苑英華》未見之。（清）嚴可均校輯：
　　《全上古三代秦漢三國六朝文》（北京：中華，1999 年），頁 3025。作於梁大寶元年
　　（550A.D.）。

也。余以機暇，結駕游衍，覽茲佳勝，睠焉有懷，乃作銘曰：閣號天井，山稱地維。碧雞金馬，越瀆梁池。懷靈蘊德，孕寶含奇。此亦仙岫，英名遠擒。昔有鷲窟，不燒淨土。邁彼高蹤，構茲法宇。引葉成帷，即樹為柱。石砌危橫，崖階斜豎。白巇途遠，丹源路深。長林萬頃，偉木千尋。竹裏看博，松間聽琴。捐氛蕩累，散賞娛襟。梁大寶元年歲次庚午春三月十五日題寫。

庾信〈明月山銘〉[53]

竹窗標嶽，四面臨虛。山危簷迴，葉落窗疏。看橡有笛，對樹無風。風生石洞，雲出山根。霜朝哽鶴，秋夜鳴猿。堤梁似堰，野路疑村。船橫埭下，樹夾津門。寧殊華蓋，詎識桃源？

庾信〈行雨山銘〉[54]

山名行雨，地異陽臺。佳人無數，神女羞來。翠幔朝開，新妝旦起。樹入床頭，花來鏡裏。草綠衫同，花紅面似。開年寒盡，正月遊春。俱除錦陂，併脫紅綸。天絲劇藕，蝶粉生塵。橫藤礙路，弱柳低人。誰言洛浦，一箇河神。

庾信〈望美人山銘〉[55]

高唐礙石，洛浦無舟。何處相望，山邊一樓。峯因五婦，石是三侯。

---

[53]　（北周）庾信撰，（清）倪璠注，許逸民校點：《庾子山集注》（北京：中華，1980），頁 700。庾信東宮小山諸銘之異文可參見此書整理。皆約作於蕭綱入東宮之後（531A.D.-551A.D.）。

[54]　同前註，頁 701。

[55]　同前註，頁 698。

險蹄地肺，危陵天柱。禁苑斜通，春人常聚。樹裏聞歌，枝中見舞。恰對
妝臺，諸窗畫開。斜看已識，直喚便迴。豈同織女，非秋不來？

庾信〈吹臺山銘〉[56]

　　江寧吹嶺，雖山出筠。秦蕭下鳳，此岫為真。青槐避日，朱草司晨。
石名新婦，樓學仙人。吳中字玉，城南姓秦。比花依樹，登榭要春。舞能
留客，聲便度新。雕梁數振，無復輕塵。

庾信〈玉帳山銘〉[57]

　　玉帳寥郭，崑山抵鵲。總葉成帷，連雲起幕。玉策難移，金花不落。
隱士彈琴，仙人看博。巖留舊鼎，竈聚新荊。煮石初爛，燒丹欲成。桑田
屢變，海水頻盈。長聞鳳曲，永聽簫聲。

庾信〈至仁山銘〉[58]

　　峯橫鶴嶺，水學龍津。瑞雲一片，仙童兩人。三秋雲薄，九日寒新。
真花暫落，畫樹長春。橫石臨砌，飛簷枕嶺。壁繞藤苗，窗銜竹影。菊落
秋潭，桐疏寒井。仁者可樂，將由愛靜。

56　（北周）庾信撰，（清）倪璠注，許逸民校點：《庾子山集注》（北京：中華，1980），
　　頁 697。

57　同前註，頁 695。

58　同前註，頁 699。

蕭繹〈東宮後堂仙室山銘〉[59]

　　太華削成，本擅奇聲。峯如雪委，嶺若蓮生。雲除紫蓋，霞通赤城。
金壇是籙，玉記題名。鳳依桐樹，鶴聽琴聲。殿接南箕，橋連北斗。秋河
徙帶，春禽銜綬。朱鳥安窗，青龍作牖。

蕭譽〈羅浮山銘〉[60]

　　神哉蓬島，合影羅岑。南濱溟渤，西負桂林。龍隄[61]斜峙，牛嶺旁
升。形高華霍[62]，德邁岷衡[63]。橫天起𪩘，插雲生襲。修崖蔽景，孤峰鳳
立。所謂曜真，仙靈攸集。鮑靚棲偓，葛洪餌丹。梁盧王佐，控鶴軒鸞。
翠袍掛日，朱霞冒冠。寶文可佩，冰玉宜餐。群生浮瞬，隙電盈輝。枝
葉禮義，黥劓是非。無因獨往，山阿采薇[64]。吐納沖氣，卷服雲衣。亡他
利己，骨損身跳。至人齊物，中還蘊妙。灰心守一，形枯道要。史吹姬
笙，秪琴阮嘯。桃出李旁，李生桃側。無俟相因，李僵桃食。桃李雖榮，
終無久葩。不摧松桂，歲寒表色。甘惟一味，安止容膝。神以動疲，驕隨
滿溢。滿溢則攲，淳真志畢。積想幽人，羨茲貞吉。敢刻名山，勒銘斯

59　（唐）歐陽詢：《藝文類聚》（上海：上海古籍，2007），卷 7，頁 128。約作於蕭綱入
　　東宮之後（531A.D.-551A.D.）。

60　北京圖書館金石組編：《北京圖書館藏中國歷代石刻拓本匯編》（鄭州：中州古籍，
　　1989），冊 2，頁 160。刻詞首句為「梁河東王蕭譽撰大同元年立」，故推測約作於公元
　　535 年。

61　拓本無「敢刻名山，勒銘斯實」，據《羅浮山志會編》、《古今圖書集成》補，見（清）
　　宋廣業：《羅浮山志會編》（海口：海南出版社，2001），卷 14，頁 230；（清）陳
　　夢雷編：《古今圖書集成》（臺北：文星，1964），卷 190，頁 853。以下《羅浮山志會
　　編》、《古今圖書集成》出處皆同此。

62　「形高華霍」乃據《羅浮山志會編》、《古今圖書集成》，拓本不清。

63　「岷衡」，《羅浮山志會編》、《古今圖書集成》皆作「衡岷」。

64　「無因獨往，山阿采薇」乃據《羅浮山志會編》、《古今圖書集成》，拓本不清。

實。[65]

庾信〈終南山義谷銘並序〉[66]

　　周保定二年，歲次壬午，七月己巳朔，大冢宰晉國公命鑿石關之谷，下南山之材。惟公匡濟彝倫，弘敷庶績，爕理余暇，披閱山經，以為終南、敦物日月虧蔽，杶、幹、栝、柏、椅、桐、梓、漆，年代蘊積，於何不有？乃謀山澤之官，兼引衡虞之匠。東出藍田，則控灞乘滻；西連子午，則據涇浮渭。派別八溪，流分九谷。銅梁四柱，石關雙啓。青綺春門，溝渠交映。綠槐秋市，舟檝相通。蓄之則為屯雲，泄之則為行雨。青牛文梓，白鶴貞松，運以置宮，崇斯雲屋。千櫨抗殿，龍首干雲。萬頃疏苗，蟬鳴再熟。川后讓德，山靈景從。豈如運石甘泉，纔通櫟陽之殿；穿渠穀水，直繞金墉之城。將事未勞，為功實重，國富人殷，方傳千載。因功立事，敢勒山阿。銘曰：寥廓上浮，崢嶸下鎮。壁立千丈，峯橫萬仞。桂月危懸，風泉虛韻。乘輿嶺阪，舉插雲根。八溪分注，九谷通源。北涵桐井，南浮石門。模象《大壯》，規繩百堵。膠葛九成，徘徊千柱。桂棟凌波，柏梁乘雨。疏川奠谷，落實摧柯。事均刊木，功侔鑿河。

鄭述祖〈天柱山銘〉[67]

　　使持節都督光州諸軍事車騎大將軍儀同三司光州刺史滎陽鄭述祖作。巖巖岱宗，魯邦仍其致祀；奕奕梁山，韓國以之作鎮[68]。蓋由觸石吐雲，

65　拓本無「敢刻名山，勒銘斯實」，據《羅浮山志會編》、《古今圖書集成》補。
66　（北周）庾信撰，（清）倪璠注，許逸民校點：《庾子山集注》（北京：中華，1980），頁679-682。相關異文可參此書彙整。據序文所述，約作於北周保定二年（562A.D.）。
67　北京圖書館金石組編：《北京圖書館藏中國歷代石刻拓本匯編》（鄭州：中州古籍，1989），冊2，頁156。據文末所述，約作於大齊天統元年（565A.D.）。
68　「作鎮」，拓本不清，據《全後周文》補，見（清）嚴可均校輯：《全上古三代秦漢三

扶寸布雨，五岳三望，六宗九獻，祈禱斯應，禮[69]秩攸歸。天柱山者，即魏故通直散騎常侍中書侍郎國子祭酒祕書監青光相三州刺史先君文恭公之所題目。南臨巨海，北眺滄溟，西帶長河，東瞻大壑。斜嶺蹙天，層峯隱日。尋十州于掌內，摠六合於眼中。文鰩自此經停，精衛因其止息。始皇遊而忘返，武帝過以樂留。豈直蛾眉鳥翅，二別兩崤，對談小大，共敍優劣者也？公稟氣辰象，含靈川岳，禮義以成規矩，仁智用為樞機。自緇衣逞譽，革履傳聲。組綬相輝，貂冕交暎。至於愛仙樂道之風，孝敬仁慈之德，張良崔廓，未之云擬，文先夏甫，何以能加。魏永平三年，朝議以此州俗關南楚，境号東秦，田單奮武之鄉，麗其騁辯之地，民獸鄙薄，風物陵遲，調諧俾乂，非公勿許。及駈雞御下，享魚理務，羣情款密，庶類允諧，變此澆夷之俗，倅彼禮樂之邦，懋蹟布在哥謠，鴻範宣諸史策。公久闊枌榆，永懷桑梓，同昇隴而灑江，類陟岵以興嗟，於此東峯之陽，仰述皇祖魏故中書令祕書監兗州刺史文貞公迹狀，鐫碑一首。峯之東堪石室之內，復製其銘。余忝資舊德，力搆前基，遂秉笏朝門，策名天府，出入蕃邸，陪從帷幄，凡諸昇歷瀛趙滄冀懷及兗光行正十州刺史北豫州大中正。三登常佰，再履納言，光祿大常，頻居其任，揣究庸虛，無階至此，直是遺薪妄委，餘慶濫鍾，何曾不想樹嗟風，瞻天愧日。猥當今授，踵迹此蕃，敢慕楹書，仰宣庭誨。其詞曰：嵩高峻極，太華峭成。祈望諸素，禋禱羣經。崇哉天柱，迥出孤亭，地險標德，藉此為名。赫矣先公，道深義富，如桂之馨，如蘭之茂，尊祖愛親，存交賞舊。翻屬愚淺，實慙穿搆。大齊天統元年歲次乙酉五月壬午朔[70]十八日己亥刊。

國六朝文・全後周文》（北京：中華，1999），頁3864。
69　「應」、「禮」，拓本不清，據《全後周文》補，同前註。
70　「朔」，拓本不清，據《全後周文》補，同註68，頁3865。

江總〈芳林園天淵池銘〉[71]

　　歲次執徐，月維大呂。爰命梓匠，廣脩畚鍤。摽置舊趾，開浚昔基。東西彌望，雲霧之所澄蕩；南北紆縈，虹霓之所引曜。曉川漾壁，似日御之在河宿；夜浪浮金，疑月輪之馳水府。前瞰萬雉，列樹參差；却拒三襲，危巒聳峭。環鳥異禽，自學歌舞。神木靈卉，不知搖落。但叔皮覽海，序螭蛟之泛濫，吉甫臨舟，美楩松之翕茸，尚復著在吟詠，緘彼緹緗，況我君門，盛事未紀。謬頒待詔，謹製銘云：石溝溜密，蘭渚潮平。九華閣道，百丈層盈。液搖殿色，殿寫波明。

71　（唐）歐陽詢：《藝文類聚》（上海：上海古籍，2007），卷9，頁174。若江總所寫為至德二年（584A.D.）陳後主修建華林園事，則大約作於此年。

參考文獻

一、古籍

1. （春秋）左丘明著，（三國吳）韋昭注，上海師範學院古籍整理組校點：《國語》，上海：上海古籍出版社，1978。

2. （戰國）韓非著，陳奇猷校注：《韓非子》，北京：中華書局，1958。

3. （西漢）孔安國傳，（唐）孔穎達疏：《尚書注疏》，臺北：藝文印書館，1965，十三經注疏本。

4. （西漢）毛亨傳，鄭玄箋，（唐）孔穎達疏：《毛詩注疏》，臺北：藝文印書館1965，十三經注疏本。

5. （西漢）司馬遷撰，（劉宋）裴駰集解，（唐）司馬貞索隱，（唐）張守節正義：《史記》，臺北：鼎文書局，1981。

6. （西漢）桓寬著，王利器校注：《鹽鐵論》，北京：中華書局，1992。

7. （西漢）劉向：《戰國策》，上海：上海古籍出版社，1978。

8. （西漢）劉向著，王叔岷：《列仙傳校箋》，北京：中華書局，2007。

9. （西漢）劉向著，盧元駿註譯：《說苑》，臺北：商務印書館，1988。

10. （西漢）戴德撰，高明註譯：《大戴禮記》，臺北：臺灣商務印書館，1984。

11. （東漢）班固撰，（唐）顏師古注：《漢書》，臺北：鼎文書局，1986。

12. （東漢）許慎撰，（清）段玉裁注：《說文解字注》，上海：上海古籍，1981。

13. （東漢）趙岐注：《孟子注疏》，臺北：藝文印書館，1965，十三經注疏本。

14. （東漢）劉熙：《釋名》，臺北：大化書局，1979。

15. （東漢）鄭玄注，（唐）孔穎達疏：《禮記注疏》，臺北：藝文印書館，1965，十三經注疏本。

16. （魏）王弼、（晉）韓康伯注，（唐）孔穎達疏：《周易注疏》，臺北：藝文印書館，1965，十三經注疏本。

17. （魏）何晏注，（宋）邢昺疏：《論語注疏》，臺北：藝文印書館，1965，十三經注疏本。

18. （西晉）杜預注，（唐）孔穎達疏：《左傳注疏》，臺北：藝文印書館，1965，十三經注疏本。

19. （西晉）郭璞注，（宋）邢昺疏：《爾雅注疏》，臺北：藝文印書館，1965，十三經注疏本。

20. （西晉）陳壽撰，（南朝宋）裴松之注：《三國志·魏書》，臺北：鼎文書局，1980。

21. （東晉）王嘉撰，（梁）蕭綺錄，齊治平校注：《拾遺記》，北京：中華書局，1981。

22. （東晉）王隱：《晉書》，收入（清）湯球：《九家舊晉書輯本》，北京：中華書局，1985。

23. （東晉）常璩撰，任乃強校注：《華陽國志校補圖注》，上海：上海古籍出版社，1987。

24. （劉宋）范曄撰，（唐）李賢等注，（晉）司馬彪補志：《後漢書》，臺北：鼎文，1981。

25. （劉宋）劉義慶撰，余嘉錫箋疏：《世說新語箋疏》，臺北：華正書局，1989。

26. （劉宋）鮑照著，丁福林、叢玲玲校注：《鮑照集校注》，北京：中華書局，2012。

27. （劉宋）鮑照著，錢仲聯增補集說校：《鮑參軍集注》，上海：上海古籍，2005。

28. （齊）臧榮緒：《晉書》，收入（清）湯球：《九家舊晉書輯本》，北京：中華書局，1985。

29. （梁）沈約：《宋書》，臺北：鼎文，1980。

30. （梁）宗懍撰，（隋）杜公瞻注：《荊楚歲時記》，北京：中華書局，1991。

31. （梁）劉勰著，周振甫注：《文心雕龍注釋》，臺北：里仁，1984。

32. （梁）劉勰著，詹鍈義證：《文心雕龍義證》，上海：上海古籍，1989。

33. （梁）劉勰撰，（清）黃叔琳注，紀昀評：《文心雕龍輯注》，北京：中華書局，1957。

34. （梁）蕭統編，（唐）李善注：《文選》，上海：上海古籍出版社，1986。

35. （梁）蕭統編：《增補六臣注文選》，臺北：華正書局，1977。

36. （梁）鍾嶸著，王叔岷：《鍾嶸詩品箋證稿》，臺北：中央研究院中國文哲研究所，1992。

37. （後魏）酈道元注，楊守敬、熊會貞疏，段熙仲點校，陳橋驛復校：《水經注疏》，南京：江蘇古籍，1989。

38. （北周）庾信撰，（清）倪璠注，許逸民校點：《庾子山集注》，北京：中華書局，1980。

39. （隋）姚察：《梁書》，臺北：鼎文，1980。

40. （隋）姚察、（唐）魏徵、姚思廉：《陳書》，臺北：鼎文，1980。

41. （唐）吳兢：《樂府古題要解》，收入丁福保編：《歷代詩話續編》，北京：中華書局，1983。

42. （唐）李延壽：《南史》，臺北：鼎文書局，1981。

43. （唐）房玄齡：《晉書》，臺北：鼎文書局，1980。

44. （唐）徐堅：《初學記》，北京：中華書局，1962。

45. （唐）歐陽詢：《藝文類聚》，上海：上海古籍，2007。

46. （宋）李昉：《文苑英華》，臺北：大化書局，出版年不詳。

47. （宋）李昉：《太平廣記》，北京：中華書局，1961。

48. （宋）李昉：《太平御覽》，石家莊：河北教育，1994。

49. （宋）周應合：《景定建康志》，收入《宋元方志叢刊》，北京：中華書局，1990。

50. （宋）洪适：《隸續》，北京：中華書局，1985。

51. （明）吳訥：《文體序說三種‧文章辨體序說》，臺北：大安出版社，1998。

52. （明）徐師曾：《文體序說三種‧文體明辨序說》，臺北：大安出版社，1998。

53. （清）王夫之評選，張國興典校：《古詩評選》，保定：河北大學出版社，2008。

54. （清）王先謙撰，沈嘯寰、王星賢點校：《荀子集解》，北京：中華書局，1988。

55. （清）王先謙撰：《莊子集解》，北京：中華書局，1987。

56. （清）宋廣業編：《羅浮山志會編》，海口：海南出版社，2001。

57. （清）俞琰：《詠物詩選》，成都：成都古籍書店，1984。

58. （清）許槤評選，梨經誥箋注：《六朝文絜箋注》，香港：中華書局香港分局，1987。

59. （清）許槤選，曹明綱撰：《六朝文絜譯注》，上海：上海古籍，1999。

60. （清）陳夢雷編：《古今圖書集成》，臺北：文星，1964。

61. （清）童誥等輯：《全唐文》，北京：中華書局，1987。

62. （清）劉熙載：《藝概》，上海：上海古籍出版社，1978。

63. （清）嚴可均校輯：《全上古三代秦漢三國六朝文・全後漢文》，北京：中華書局，1999。

64. 北京大學古文獻研究所編：《全宋詩》，北京：北京大學出版社，1991。

65. 北京圖書館金石組編：《北京圖書館藏中國歷代石刻拓本匯編》，鄭州市：中州古籍社出版，1989。

66. 汪榮寶撰，陳仲夫點校：《法言義疏》，北京：中華書局，1987。

67. 逯欽立輯校：《先秦漢魏晉南北朝詩》，北京：中華，2006。

68. 黃節：《謝康樂詩注》，臺北：藝文印書館，1987。

二、中文專著

1. 丁福林：《鮑照年譜》，上海：上海古籍，2004。

2. 于書亭：《鄭道昭與四山刻石》，北京：人民美術，2004。

3. 王立群：《中國古代山水遊記研究》，北京：中國社會科學出版社，2008。

4. 王明珂：《華夏邊緣：歷史記憶與族群認同》，臺北：允晨文化，2005。

5. 王國瓔：《中國山水詩研究》，臺北：聯經，1986。

6. 王夢鷗：《傳統文學論衡》，臺北：時報，1987。

7. 史為樂主編：《中國歷史地名大辭典》，北京：中國社會科學出版社，2005。

8. 田曉菲：《烽火與流星：蕭梁王朝的文學與文化》，北京：中華，2010。

9. 何平立：《巡狩與封禪：封建政治的文化軌迹》，濟南：齊魯書社，2003。

10. 吳光興：《蕭綱蕭繹年譜》，北京：社會科學文獻，2006。

11. 吳福助：《秦始皇刻石考》，臺北：文史哲，1994。

12. 李英：《中國戰爭通鑒》，北京：國際文化，1994。

13. 李豐楙：《探求不死》，臺北：久大文化，1987。

14. 李豐楙：《憂與遊：六朝隋唐遊仙詩論集》，臺北：學生，1996。

15. 汪菊淵：《中國古代園林史》，北京：中國建築工業，2012。

16. 林文月：《山水與古典》，臺北：純文學，1976。

17. 林紓：《春覺齋論文・流別論》，收入王水照編：《歷代文話》，第7冊，上海：復旦大學，2007。

18. 俞士玲：《西晉文學考論》，南京：南京大學出版社，2008。

19. 姜劍雲：《太康文學研究》，北京：中華，2003。

20. 洪順隆：《六朝詩論》，臺北：文津，1985。

21. 夏傳才編：《文學名篇選讀：兩漢三國六朝卷》，臺北：知書房，2006。

22. 崔宇錫：《魏晉四言詩研究》，成都：巴蜀書社，2006。

23. 曹逢甫、蔡立中、劉秀瑩：《身體與譬喻：語言與認知的首要介面》，臺北：文鶴，2001。

24. 曹勝高：《漢賦與漢代制度——以都城、校獵、禮儀為例》，北京：北京大學，2006。

25. 曹道衡、沈玉成：《中古文學史料叢考》，北京：中華書局，2003。

26. 許又方：《時間的影跡——〈離騷〉晬論》，臺北：秀威，2003。

27. 許東海：《女性·帝王·神仙——先秦兩漢辭賦及其文化身影》，臺北：里仁書局，2003。

28. 郭英德：《中國古代文體學論稿》，北京：北京大學，2005。

29. 陳必祥：《古代散文文體概論》，臺北：文史哲，1987。

30. 彭毅：《楚辭詮微集》，臺北：學生，1999。

31. 程章燦：《石學論叢》，臺北：大安書局，1999。

32. 程章燦：《魏晉南北朝賦史》，南京：江蘇古籍出版社，2001。

33. 黃金言、邵鴻、盧星、趙明：《中國軍事通史》，第六卷，北京：軍事科學出版社，1998。

34. 黃冠閔：《在想像的界域上——巴修拉詩學曼衍》，臺北：國立臺灣大學出版中心，2014。

35. 楊牧：《失去的樂土》，臺北：洪範書店，2002。

36. 楊牧：《陸機文賦校釋》，臺北：洪範書店，1985。

37. 萬光治：《漢賦通論》，北京：中國社會科學，2004。

38. 廖美玉：《回車：中古詩人的生命印記》，臺北：里仁，2007。

39. 廖蔚卿：《漢魏六朝文學論集》，臺北：大安出版社，1997。

40. 褚斌杰：《中國古代文體學》，臺北：學生，1991。

41. 趙昌平：《趙昌平自選集》，桂林：廣西師範大學出版社，1997。

42. 趙敏俐：《兩漢詩歌研究》，臺北：文津，1993。

43. 劉文忠：《鮑照和庾信》，臺北：群玉堂，1991。

44. 蔡英俊：《游觀、想像與走向山水之路：自然審美感受史的考察》，臺北：政大出版社，2018。

45. 鄭毓瑜：《六朝情境美學綜論》，臺北：學生，1996。

46. 鄭毓瑜：《引譬連類：文學研究的關鍵詞》，臺北：聯經，2012。

47. 鄭毓瑜：《文本風景》，臺北：麥田，2014。

48. 鄭毓瑜：《性別與家國——漢晉辭賦的楚騷論述》，臺北：里仁，2000。

49. 鄭樑生、吳文星、葉劉仙相編譯：《中國歷史地名大辭典》，臺北：三通圖書，1984。

50. 蕭馳：《中國思想與抒情傳統第一卷：玄智與詩興》，臺北：聯經，2011。

51. 蕭馳：《中國思想與抒情傳統第二卷：佛法與詩境》，臺北：聯經，2012。

52. 魏明安、趙以武：《傅玄評傳》，南京：南京大學，1996。

53. 蘇瑞隆：《鮑照詩文研究》，北京：中華書局，2006。

三、中文譯著

1. 伍安祖、王晴佳著，孫衛國、秦麗譯：《世鑒：中國傳統史學》，北京：中國人民大學，2014。

2. 宇文所安著，王柏華、陶慶梅譯：《中國文論：英譯與評論》，上海：上海社會科學院，2003。

3. 巫鴻著，李清泉、鄭岩等譯：《中國古代藝術與建築中的「紀念碑性」》，上海：上海人民，2009。

4. 孫康宜、宇文所安編，劉倩等譯：《劍橋中國文學史》，北京：生活・讀書・新知三聯書店，2013。

5. Allan, Sarah 著，張海晏譯：《水之道與德之端——中國早期哲學思想的本喻》，北京：商務印書館，2010 年。

6. Crang, Mike 著，王志弘、余佳玲、方淑惠譯：《文化地理學》，臺北：巨流，2004。

7. Cresswell, Tim 著，徐苔玲、王志弘譯：《地方：記憶、想像與認同》，臺北：群學，2006。

8. Jullien, François 著，杜小真譯：《迂迴與進入》，北京：生活・讀書・新知三聯書店，2003。

9. Knechtges, David R. 著，蘇瑞隆譯：《康達維自選集：漢代宮廷文學與文化之探微》，上海：上海譯文，2013。

10. Lakoff, George, and Johnson, Mark. 著，周世箴譯注：《我們賴以生存的譬喻》，臺北：

聯經，2006。

11. Linda Mcdowell 著，徐苔玲、王志弘合譯：《性別、認同與地方：女性主義地理學概說》，臺北：群學，2006。

12. Twitchett, Denis, and Loewe, Michael. 編，楊品泉、陳高華、張書生譯：《劍橋中國秦漢史（公元前 221 至公元 220 年）》，北京：中國社會科學，1992。

四、英文專著

1. Chang, Kang-i Sun, and Owen, Stephen, eds. *The Cambridge History of Chinese Literature*. New York: Cambridge University Press, 2010.

2. Chartier, Roger. *Forms and Meanings: Texts, Performances, and Audiences from Codex to Computer.* Philadelphia: University of Pennsylvania Press, 1995.

3. Cuddon, J.A. *A Dictionary of Literary Terms and Literary Theory.* Chichester: Wiley-Blackwell, 2013.

五、學位論文

1. 丁亮：《無名與正名——論中國上中古名實問題的文化作用與發展》，臺中：東海大學中國文學博士論文，2003。

2. 吳翊良：《空間・神話・行旅——漢晉辭賦中的「山水書寫」研究》，臺南：國立成功大學碩士論文，2007。

3. 禹翔：《南朝銘文研究》，長沙：湖南大學中國古代文學碩士論文，2008。

4. 孫旭輝：《山水賦生成史研究》，杭州：浙江大學文藝學博士論文，2008。

5. 張嘉純：《漢魏六朝辭賦中的遊仙題材研究》，臺北：國立政治大學碩士論文，2001。

6. 張應杰：《唐代銘文研究》，合肥：安徽大學中國古代文學碩士論文，2007。

7. 莊孟融：《「變與不變」——屈原作品中的自我樣貌》，臺北：國立臺灣大學中國文學系碩士論文，2012。

8. 楊佩螢：《六朝詩「傷春」的連類譬喻》，臺北：國立臺灣大學中文所博士論文，2014。

9. 靳梓培：《唐代〈行路難〉研究》，蘭州：蘭州大學中國語言文學碩士論文，2013。

10. 趙宇珩：《〈上博楚簡・武王踐阼〉研究》，高雄：國立中山大學中文所碩士論文，2011。

11. 趙殷尚：《唐代古文運動先驅者及其散文研究：以蕭穎士、李華、賈至、元結為主》，

新竹：國立清華大學博士論文，2003。

12. 劉玉珺：《先唐銘文研究》，桂林：廣西師範大學中國古代文學碩士論文，2002。

六、單篇論文

1. 田菱：〈風景閱讀與書寫——謝靈運的《易經》運用〉，收入劉苑如編：《體現自然——意象與文化實踐》（臺北：中研院文哲所，2012），頁 147-174。

2. 朱曉海：〈張載劍閣銘著成時代及其相關問題〉，《書目季刊》10 卷 1 期，1976 年 6 月，頁 57-70。

3. 何崝：〈讀張載《劍閣銘》〉，《文史雜誌》2002 年 1 期，頁 22-24。

4. 李曰剛：〈文心雕龍「頌贊」篇斠詮——文心雕龍斠詮頌贊第九〉，《師大學報》23 期，1978 年，頁 121-140。

5. 李佩璇：〈謝靈運山水詩中的「靈域」書寫〉，《中國文學研究》第 28 期，2009 年 6 月，頁 109-135。

6. 李征宁：〈從虛構走向寫實：《山居賦》與山水賦的轉型〉，《棗莊學院學報》第 29 卷第 1 期，2012 年 2 月，頁 30-34。

7. 李豐楙：〈洞天與內景：西元二至五世紀江南道教的內向遊觀〉，收入劉苑如編：《體現自然——意象與文化實踐》，臺北：中研院文哲所，2012，頁 37-80。

8. 李豐楙：〈遊觀與內景：二至四世紀江南道教的內向超越〉，收入劉苑如編：《遊觀——作為身體技藝的中古文學與宗教》，臺北：中研院文哲所，2009，頁 222-256。

9. 沈凡玉：〈由典故運用試論謝靈運詩與「楚辭」之淵源〉，《中國文學研究》第 18 期，2004 年 6 月，頁 55-84。

10. 周維權：〈魏晉南北朝園林概述〉，未載編者：《傳統建築論文集》，臺北：丹青圖書，1986，頁 76-92。

11. 青山定雄作，頤安譯：〈六朝之地記〉，收入《叢書刊刻源流考》（中和書目論文集），中和月刊論文選集，第四輯，臺北：台聯國風，1974，頁 52-91。

12. 紀志昌：〈東晉居士謝敷考〉，《漢學研究》第 20 卷第 1 期，2002 年 6 月，頁 55-83。

13. 孫亭玉：〈論班固的銘〉，《文學遺產》2008 年第 4 期，頁 120-123。

14. 馬磊、丁桂春：〈論晉代山水賦的思想價值及藝術成就〉，《岱宗學刊》第 6 卷第 2 期，2002 年 6 月，頁 23-24。

15. 高友工〈中國抒情美學〉，收入柯慶明、蕭馳編：《中國抒情傳統的再發現》（下冊），臺北：國立臺灣大學出版中心，2009，頁 587-638。

16. 高莉芬：〈水的聖域：兩晉江海賦的原型與象徵〉，《政大中文學報》第1期，2004年6月，頁113-148。

17. 張寧：〈論中國古代山水賦的審美特徵〉，《大同高等專科學校學報（綜合版）》1995年第1期，頁45-48。

18. 章滄授：〈漢賦與山水文學〉，《安慶師範學院學報》1987年03期，頁65-71+38。

19. 陳心心、何美實：〈唐以前海賦的研究——以Eliade的宗教理論為基礎的分析〉，《中外文學》第15卷第8期，頁130-151。

20. 陳昌明：〈遊於物——論六朝詠物詩之「觀象」特質〉，《中外文學》第15卷5期，1986年10月，頁139-160。

21. 陳萬成：〈孫綽《遊天台山賦》與道教〉，《新亞學術集刊》第13期，1994，頁255-263。

22. 陳靜容：〈試論中國「山水詩」詩類名稱之晚出及其與「題贊」山水之關係衡定〉，《興大人文學報》第43期，2009年9月，頁1-28。

23. 焦亞東：〈互文性視野下的類書與中國古典詩歌——兼及錢鐘書古典詩歌批評話語〉，《文藝研究》2007年第1期，頁66-71。

24. 陽竟希：〈論南北朝的《行路難》〉，《科教導刊》2011年第23期，頁213-214。

25. 楊宿珍：〈詠物詩的特質及歷史演變〉，收入蔡英俊編：《意象的流變》，中國文化新論文學篇（二）（臺北：聯經，1989），頁375-586。

26. 楊義：〈《離騷》的心靈史詩型態〉，《文學遺產》1997年第6期，頁17-34。

27. 楊儒賓：〈「山水」是怎麼發現的——「玄對山水」析論〉，收入蔡瑜編：《迴向自然的詩學》（臺北：國立臺灣大學出版中心，2012），頁75-126。

28. 楊儒賓：〈刑—法、冶煉與不朽——金的原型象徵〉，《清華學報》新38卷第4期，2008年12月，頁677-709。

29. 葉常泓：〈皇宇圖象的張縮與權力倫理的轉向——對兩漢至建安田獵賦異動之政治性解讀〉，《輔大中研所學刊》第21期，2009年4月，頁153-176。

30. 趙麗萍：〈紅顏零落歲將暮——論鮑照《擬行路難》十八首中的生命意識〉，《遵義師範學院學報》2002年第4期，頁41-43。

31. 齊藤希史：〈「居」の文学——六朝山水／隱逸文學への一視座〉，《中國文學報》，日本：京都大學文學部中國語學中國文學研究室，1990年10月，42卷，頁61-92。

32. 蔡英俊：〈「擬古」與「用事」：試論六朝文學現象中「經驗」的借代與解釋〉，中央研究院文哲所編：《文學、文化與世變》，臺北：中央研究院文哲所，2002，頁67-96。

33. 蔡瑜：〈重探謝靈運山水詩——理感與美感〉，《臺大中文學報》37期，2012年6月，

頁 89-91+93-127。

34. 蕭馳：〈南朝詩歌山水書寫中「詩的空間」的營造〉，《中國文哲研究集刊》第 40 期，2012 年 3 月，頁 1-40。

35. 蕭馳：〈後謝靈運時代的「風景」——以鮑照、謝朓為例〉，《漢學研究》第 30 卷 2 期，2012 年 6 月，頁 35-70。

36. 韓璐：〈《文心雕龍‧銘箴》銘文定義辨疑——從劉氏「論文敘筆」之四部說起〉，《圖書館理論與實踐》2011 年 4 期，頁 54-57。

37. 顏崑陽：〈論「文體」與「文類」的涵義及其關係〉，《清華中文學報》第 1 期，2007 年 9 月，頁 1-67。

38. 顏慶餘：〈鮑照《石帆銘》繫年辨正（上）〉，《中華文史論叢》118 期，2015 年 2 月，頁 78。

39. 顏慶餘：〈鮑照《石帆銘》繫年辨正（下）〉，《中華文史論叢》118 期，2015 年 2 月，頁 138。

40. 鐘國發：〈陶弘景《華陽頌》十五首考釋〉，《傳統中國研究集刊》，上海：上海社會科學院，2009，頁 136-153。

41. Böhme, Gernot. 著，谷心鵬、翟江月、何乏筆譯：〈氣氛作為新美學的基本概念〉，《當代》第 188 期，2003 年 4 月，頁 10-33。

42. Harrist, Robert E., Jr.：〈六世紀中國之書寫、風景與表現：雲峰山解讀〉（Writing, Landscape, and Representation in Sixth-Century China: Reading Cloud Peak Mountain），收入巫鴻編，《漢唐之間的視覺文化與物質文化》，北京：文物，2003，頁 535-570。

43. Teng, Norman Y. "Image alignment in multimodal metaphor." Multimodal metaphor, eds. Charles J. Forceville and Eduardo Urios-Aparisi. Berlin : Mouton de Gruyter, 2009. 195-210.

44. Tuan, Yi-Fu. "Language and the Making of Place: A Narrative-Descriptive Approach," Annals of the Association of American Geographers 81, no. 4, (Dec. 1991): 684-696.

七、電子資源

1. 《中國方志庫》，北京：愛如生數字化技術研究中心，2010。

2. 子居：〈也說上博七《武王踐阼》之「機」與「枳」〉，清華大學簡帛研究，2015 年 12 月 15 日。<http://www.confucius2000.com/admin/list.asp?id=4584>

3. 韋氏字典線上版 <https://www.merriam-webster.com>。

國家圖書館出版品預行編目(CIP)資料

唐前山／水銘文研究 / 丁振翔著. -- 初版. -- 臺
　北市 : 元華文創, 2020.10
　面 ; 　公分

　　ISBN 978-957-711-185-2 (平裝)

　1.中國文學史 2.山水文學 3.研究考訂

820.9　　　　　　　　　　　　　109011888

唐前山／水銘文研究

丁振翔　著

發 行 人：賴洋助
出 版 者：元華文創股份有限公司
公司地址：新竹縣竹北市台元一街 8 號 5 樓之 7
聯絡地址：100 臺北市中正區重慶南路二段 51 號 5 樓
電　　話：(02) 2351-1607　　傳　　真：(02) 2351-1549
網　　址：www.eculture.com.tw
E - m a i l：service@eculture.com.tw
出版年月：2020 年 10 月 初版
定　　價：新臺幣 320 元

ISBN：978-957-711-185-2 (平裝)

總經銷：聯合發行股份有限公司
地　址：231 新北市新店區寶橋路 235 巷 6 弄 6 號 4F
電　話：(02)2917-8022　　　　傳　真：(02)2915-6275